Le livre qui dit tout

Guus Kuijer

Le livre qui dit tout

Traduit du néerlandais par Maurice Lomré

Neuf
l'école des loisirs
11, rue de Sèvres, Paris 6ᵉ

Titre de l'édition originale : « Het boek van alle dingen »
(Querido, Amsterdam)
Loi n° 49.956 du 16 juillet 1949 sur les publications
destinées à la jeunesse : mars 2007
Dépôt légal : juin 2008
Imprimé en France par la Société Nouvelle Firmin-Didot
à Mesnil-sur-l'Estrée (90622)

ISBN 978-2-211-08821-3

Cette histoire se passe aux Pays-Bas quelques années après la fin de la Seconde Guerre mondiale. Le pays se remet lentement de l'occupation allemande qui a duré cinq longues années, du 10 mai 1940 au 6 mai 1945.

Pendant cette période, certains Hollandais ont collaboré avec les nazis, mais de nombreux autres ont combattu dans la Résistance afin de contrarier les plans de l'envahisseur allemand.

Avant que l'histoire commence…

À vous, je peux le dire en toute franchise : cette histoire où il est question de Thomas a été une vraie surprise pour moi aussi. En réalité, je voulais écrire un tout autre livre. Raconter une histoire à la fois drôle et émouvante sur mon enfance heureuse. J'y aurais parlé de mon père, qui jouait merveilleusement du violon le soir avant que je me couche. De ma mère, qui l'accompagnait en chantant d'une voix charmante et délicate ! De mes frères et sœurs, qui m'adoraient. De mes amis, qui venaient manger et jouer à la maison le jour de mon anniversaire. Le livre se serait appelé *Les Aventures d'un enfant heureux* et il aurait fait un cadeau de Noël idéal. Non seulement les enfants, mais aussi les parents, les grands-parents et même le Premier ministre, l'auraient lu d'un seul trait. De préférence à la lueur d'une bougie, devant un feu de bois crépitant, avec une tasse de chocolat chaud à la main.

C'est à cette époque que je reçus la visite d'un homme que je ne connaissais pas. Un certain M. Klopper. Il ne me connaissait pas non plus, mais il savait que j'étais un écrivain pour enfants célèbre à travers le monde. Cela dit en toute modestie.

M. Klopper avait exactement le même âge que moi. Ses cheveux étaient blancs et son crâne chauve. Pourtant, lui aussi autrefois avait été un enfant.

Quand nous nous retrouvâmes assis devant le feu de bois crépitant, M. Klopper sortit un gros cahier d'écolier de son sac.

– Je sais que vous êtes un écrivain qui a de la compassion pour ses frères humains, dit-il.

J'acquiesçai car c'est la vérité. J'ai énormément de compassion pour mes frères humains. Et, pour tout dire, ça ne me déplairait pas d'en avoir un peu moins.

– C'est pourquoi je voudrais que vous lisiez ceci.

Il me tendit un cahier.

– J'ai écrit ce texte quand j'avais neuf ans. Je l'ai relu dernièrement et je crois qu'il en vaut la peine.

J'aimerais que vous le lisiez, mais il se peut qu'il soit trop irrespectueux.

Cette phrase me surprit.

– Irrespectueux? demandai-je, déconcerté.

– Oui, répondit M. Klopper. Une enfance malheureuse, ça rend irrespectueux.

Mon regard se porta sur le feu de bois qui crépitait. L'irrespect est un problème, surtout dans les livres pour enfants.

– Je vais jeter un coup d'œil, dis-je. Je vous donnerai de mes nouvelles.

Puis je raccompagnai M. Klopper.

– Êtes-vous toujours irrespectueux aujourd'hui? lui demandai-je sur le pas de la porte.

M. Klopper opina d'un signe de tête.

– À votre âge?

– Rien n'a changé, répondit-il.

Il disparut ensuite au milieu d'une forte averse de neige.

Je lus *Le livre qui dit tout* le jour même d'un seul trait. C'était, en effet, un texte irrespectueux. En ce qui me concerne, je suis très respectueux, mais je n'ai aucun mérite à cela. J'ai eu une enfance heureuse. Je suis allé dans une école formidable. Ah! M. Zaagtand! Et Mlle Breipen! Tous les soirs, j'ai entendu le son délicat du violon de mon père et la gracieuse voix de soprano de ma mère ! Je n'ai donc aucune raison d'être irrespectueux, mais je pense aussi que les enfants malheureux ont droit à la parole.

Je téléphonai à M. Klopper et nous prîmes rendez-vous. Nous passâmes ensemble de nombreuses soirées devant mon feu de bois crépitant et c'est ainsi que ce livre vit le jour.

– Et toi, Thomas ? demandai-je le dernier soir, car nous nous tutoyions désormais. Est-ce que tu as réussi ?

– Réussi quoi, Guus ?

– As-tu réussi à être heureux ?

– Oui, répondit Thomas.

Et nous bûmes une grande tasse de chocolat chaud.

1

Thomas voyait des choses qu'il était le seul à voir. Il ne savait pas pourquoi, mais il en avait toujours été ainsi. Comme ce jour où une violente averse de grêle éclata. Il se réfugia alors sous un porche et vit les feuilles des arbres arrachées par les grêlons. Puis il rentra chez lui en courant.

– C'est l'automne, s'exclama-t-il. Toutes les feuilles sont tombées.

Sa mère regarda par la fenêtre.

– Mais non, dit-elle. Où donc vas-tu chercher ça ?

Thomas vit qu'elle avait raison. Les arbres étaient toujours aussi verts.

– Pas ici, dit-il, mais dans la rue Jan Van Eyck, le sol est couvert de feuilles.

– Ah bon ? fit la mère.

À la vue du visage de sa mère, Thomas comprit qu'elle ne le croyait pas.

Il se dirigea vers sa chambre et prit le cahier dans lequel il avait commencé à écrire une histoire intitulée *Le livre qui dit tout*. Il attrapa son stylo et se mit à écrire. « La grêle s'abattit si fort que les feuilles des arbres furent arrachées. C'est vraiment arrivé dans la rue Jan Van Eyck à Amsterdam. J'avais neuf ans, c'était l'été et nous étions en 1951. »

Thomas regarda par la fenêtre pour réfléchir car, sans fenêtre, il n'y arrivait pas. Ou peut-être était-ce l'inverse et était-ce la présence d'une fenêtre qui le faisait réfléchir.

Alors, il écrivit : « Plus tard, je veux être heureux. »

Il entendit son père rentrer et se dit : « Il est cinq heures et demie et je ne sais toujours pas de quoi parlera mon livre. Mais, au fond, de quoi parlent les livres ? »

Thomas posa la question à table.

– Ils parlent d'amour et de ce genre de choses, gloussa Margot, sa sœur, qui allait au lycée et qui était bête comme une oie.

Mais le père prit la parole :

– Tous les livres importants parlent de Dieu.

– D'amour et de Dieu, dit la mère.

Le père la fixa alors d'un air si sévère qu'elle en devint toute rouge.

– Qui dans cette maison lit parfois un livre? demanda-t-il.

– Toi, répondit la mère.

– Qui, par conséquent, sait de quoi parlent les livres? Toi ou moi?

– Toi, répondit la mère.

«Plus tard, je veux être heureux», pensa Thomas, mais il garda ça pour lui. Il regarda sa mère et vit qu'elle était triste. Il eut envie de se lever et de la serrer dans ses bras, mais il ne pouvait pas le faire. Il ne savait pas pourquoi, mais c'était impossible. Alors, il resta assis bien droit sur sa chaise.

Margot ricana de nouveau. Elle était tellement bête.

– La grêle s'est abattue si fort dans la rue Jan Van Eyck que les feuilles ont été arrachées des arbres, dit Thomas à voix haute.

Sa mère le regarda et sourit. On aurait dit qu'il l'avait serrée dans ses bras, tellement ses yeux brillaient.

«C'est un message secret que seule Maman peut comprendre», pensa-t-il.

Et c'était vrai, car ni le père ni Margot ne levèrent le nez de leur assiette.

Quand la mère mit son fils au lit, elle lui dit :

– Fais de jolis songes, mon petit rêveur.

Thomas acquiesça avant de demander :

– Dis, tu me trouves gentil ?

– Tu es le plus gentil garçon du monde, répondit la mère.

Elle l'enlaça et le serra très fort contre elle. Thomas sentit qu'elle pleurait doucement. Son sang se glaça à l'intérieur de ses veines et il se dit : « La vengeance de Dieu sera terrible. Il frappera le père de la peste bubonique ou quelque chose du même genre. »

Mais plus tard, quand il se retrouva tout seul étendu dans son lit en pleine nuit, les yeux perdus dans le vide, il eut peur que Dieu ne soit fâché contre lui.

« Ce n'est pas ma faute si certaines pensées me viennent à l'esprit, se dit Thomas. Mais, comme je ne les pense pas vraiment, ce n'est pas très grave. Je ne sais même pas ce que c'est, la peste bubonique. »

Et il s'endormit.

Depuis une semaine, il faisait tellement chaud que des poissons tropicaux nageaient dans les canaux. Thomas les avait vus de ses propres yeux. C'étaient des porte-glaives. Il en était certain parce qu'il avait les mêmes dans son aquarium. Ce sont des poissons bizarres qui dansent dans l'eau de façon rigolote quand ils sont amoureux.

Thomas était couché sur le ventre dans l'herbe qui bordait le quai Reijnier Vinkele, tout près du lycée des filles où se rendait Margot, quand il vit passer les poissons. Des dizaines de poissons. En rentrant chez lui, il se demandait si quelqu'un le croirait. C'est alors qu'il rencontra Eliza, qui avait déjà seize ans. Elle était dans la même classe que Margot et habitait juste après le coin. Elle avait une jambe artificielle en cuir qui craquait comme une paire de chaussures neuves.

– Il y a des poissons tropicaux qui nagent dans le canal, dit-il.

Eliza s'arrêta, ce qui fit taire les craquements de sa jambe.

Thomas fut surpris par la beauté de cette fille et il ressentit une sorte de secousse électrique.

– C'est parce que les gens les jettent dans les W.-C. quand ils partent en vacances, dit-elle.

Pendant un moment, Eliza fixa Thomas de ses yeux d'un bleu profond et il fut incapable de réfléchir.

– Et à cause de la chaleur, ajouta-t-il en bégayant.

– D'ailleurs, il y a aussi des crocodiles qui habitent dans les égouts, dit Eliza.

Elle repartit, ce qui fit de nouveau craquer sa jambe.

Thomas la suivit.

– Vraiment ? demanda-t-il. Tu les as vus ?

– Un seul, répondit Eliza. De la taille de mon petit doigt. Il était dans les W.-C.

Sur ce, elle leva la main.

Thomas frémit car la main n'avait plus qu'un seul doigt. L'auriculaire. Les autres avaient disparu.

– Oh ! fit-il.

Il attendit qu'Eliza ait tourné le coin de la rue. Il sentit alors que la peur s'était installée tout au fond de son ventre. Mais, dans sa tête, des cloches résonnaient joyeusement. « Elle est belle, pensa-t-il. Et elle comprend ce que je vois. Elle comprend que tout ça est vrai. Donc, elle aussi le sait. »

Sur le chemin de la maison, Thomas se demanda ce qu'Eliza savait. C'était difficile pour lui de réfléchir loin d'une fenêtre. « Je ne peux pas expliquer ce qu'elle sait mais, ce qu'elle sait, je le sais aussi : il y a chez moi quelque chose d'étrange. » Et quand il se retrouva dans sa chambre, assis devant sa fenêtre,

Thomas se demanda où étaient passés les autres doigts d'Eliza.

«Le dimanche est le seul jour qu'il faut pousser devant soi comme une charrette», écrivit Thomas dans *Le livre qui dit tout.* «Les autres jours, eux, s'écoulent tout seuls.»

Le dimanche, la famille allait à la messe. Pas dans une église normale située dans le quartier, mais dans une église bizarre très loin de là. Cette église était installée dans une maison ordinaire, sans clocher. Pendant la cérémonie, on pouvait entendre les voisins du dessus passer l'aspirateur. Presque personne ne fréquentait cette église, en dehors de Thomas et de sa famille. Sa mère portait un chapeau et Margot un fichu. C'était le règlement. On ne pouvait pas voir les coiffures des femmes. Les hommes, ce n'était pas grave: ils n'avaient pas vraiment de coiffure.

Le père, la mère, Margot et Thomas se rendaient à l'église à pied car Dieu ne voulait pas que les trams roulent le dimanche. Pourtant, ils circulaient quand même et ce n'était pas très respectueux vis-à-vis de Dieu.

Il y avait deux fautes vraiment très graves. La première, c'était d'avoir collaboré avec l'ennemi pendant la guerre; et la seconde, c'était de prendre le tram le dimanche.

Thomas chassa simplement les trams de sa tête. Il chassa tout ce qui était interdit: les trams, les autos, les vélos et les garçons qui jouaient au football dans la rue. Les oiseaux, eux, pouvaient rester car ils ne savaient pas que c'était dimanche. Parce qu'ils n'ont pas d'âme.

Cette église était fréquentée par une vingtaine de très vieilles personnes aveugles, sourdes ou boiteuses qui, quand leurs tracas s'arrêtaient là, avaient au moins deux verrues au menton. Hormis Thomas et Margot, deux autres enfants assistaient à l'office. C'étaient deux sœurs. Elles étaient si pâles sous leur fichu qu'elles allaient sûrement mourir bientôt. «Je leur donne encore quatre ans, écrivit Thomas dans *Le livre qui dit tout,* mais, en 1955, elles seront mortes et enterrées. Qu'elles reposent en paix maintenant et à jamais.» Sa gorge se serra en traçant ces mots, car c'était très triste pour ces enfants. Mais on ne pouvait, hélas, rien y faire.

L'office durait longtemps. Le peuple d'Israël se traînait en rouspétant à travers le désert et les bancs de l'église étaient durs.

Le meilleur moment, c'étaient les chants qui se répondaient. Voilà comment ça se passait. Un homme chauve vêtu d'une robe noire couverte de petits boutons commençait par chanter tout seul un verset. Puis l'assemblée devait lui répondre en entonnant un autre verset. Et ainsi de suite. L'homme en robe noire chantait chaque fois quelque chose de différent mais les gens, eux, reprenaient toujours le même verset :

– Dieu *miséricorvieux*, délivrez-nous, pauvres *pleureurs*.

Ce dimanche-là, Thomas chanta à pleins poumons avec toute l'assemblée. Il essaya en même temps de compter les boutons de la robe noire, mais il n'y arriva pas une seule fois.

Sur le chemin du retour, Thomas remarqua que son père était de mauvaise humeur. Il ne disait rien et regardait fixement devant lui. À table, après la prière, il prit la parole :

– Thomas, lève-toi.

Thomas était sur le point d'engloutir une bouchée de pommes de terre et de petits pois. Sa fourchette resta suspendue dans les airs.

– Je dois me lever ? demanda Thomas.

– Oui, dit le père.

– Pourquoi ? demanda la mère, inquiète.

– Parce que je l'ai dit, répliqua le père.

– Ah bon, dit Margot. Comme ça.

Thomas déposa sa fourchette sur son assiette et se leva.

– Hi ! hi ! hi ! rit Margot, qui était bête à pleurer.

Elle obtenait des huit, des neuf et des dix au lycée, mais personne ne comprenait comment elle faisait.

– Répète ce que tu chantais pendant la litanie, dit le père, l'air sévère.

La litanie, c'est quand les chants se répondent pendant la messe.

Thomas tourna les yeux vers sa mère.

– Regarde-moi et chante, dit le père.

Thomas respira et se lança :

– Dieu *miséricorvieux*, délivrez-nous, pauvres *pleureurs*.

Puis le silence s'installa. On aurait pu entendre voler une mouche. Thomas vit apparaître devant ses yeux une robe noire couverte de plus de mille petits boutons. Deux moineaux sur l'appui de fenêtre soufflaient joyeusement dans leurs trompettes. Ils ne savaient pas que c'était dimanche.

La mère intervint :

– Il vient à peine d'avoir neuf ans. Il ne l'a pas fait exprès.

Le père ne répondit pas. Il déposa sa fourchette et son couteau sur son assiette d'un air solennel puis se leva lentement. Il s'étira tellement que sa tête dépassa bientôt la lampe suspendue au-dessus de la table.

Tout ce qui vivait sur la terre retenait son souffle. Les moineaux sur l'appui de fenêtre s'étouffèrent en trompetant. Le soleil s'assombrit et le ciel se recroquevilla.

– Qu'est-ce que tu vas faire ? s'écria la mère.

Elle bondit debout et attira Thomas vers elle.

– Écarte-toi, femme ! tonna le père. C'est à ton fils que je parle.

Mais la mère éloigna Thomas de la table puis posa son bras autour des épaules du garçon.

C'est alors que la main du père surgit comme l'éclair et gifla la mère en plein visage. La femme recula, tituba et lâcha son fils.

Les anges dans le ciel se couvrirent les yeux de leurs mains et éclatèrent en sanglots. C'est toujours ce qu'ils font quand un homme bat sa femme. Une profonde tristesse descendit sur terre.

– Papa, murmura Margot.

– Tais-toi ! gronda le père. Thomas, monte dans ta chambre. Et n'oublie pas de prendre la cuillère.

Thomas se retourna, se dirigea vers la cuisine et prit la cuillère en bois dans le tiroir. Puis il grimpa l'escalier, alla s'asseoir devant la fenêtre de sa chambre et regarda dehors, mais cette fois il n'arriva pas à penser. Le monde était devenu vide. Tout ce qui avait un jour existé, quelqu'un l'avait effacé. Il ne restait que le bruit des choses. Thomas entendit le bruit de la gifle qui venait de claquer sur la joue de sa mère. Il entendit le bruit de toutes les gifles qu'elle avait déjà reçues. Il entendit une pluie de gifles, comme si la grêle s'abattait sur la rue Jan Van Eyck en arrachant les feuilles des arbres. Thomas pressa ses mains sur ses oreilles.

Il regardait dans le vide depuis une éternité lorsqu'il entendit à travers ses mains le pas lourd de son père dans l'escalier. Boum, boum. Boum, boum.

« Il n'y a plus rien, pensa Thomas. Plus rien n'existe. Et moi non plus. »

Boum, boum. Boum, boum.

L'homme arriva. Tel un arbre, il se dressa dans l'encadrement de la porte. Il avança vers Thomas et tendit la main. Son fils lui donna la cuillère en bois.

L'homme alla ensuite s'asseoir sur le tabouret à côté du lit de Thomas. Sans un mot. Ce n'était pas la peine, car Thomas savait très bien ce qu'il devait faire. Il baissa son pantalon. Puis son caleçon. Les fesses nues, il s'étendit à plat ventre sur les genoux de son père.

La correction commença. La cuillère en bois fouetta l'air.

Paf!

La douleur traversa sa peau comme un coup de couteau.

Paf!

Au début, Thomas ne pensa à rien mais, après le troisième coup, des mots se formèrent dans sa tête.

Paf! Dieu…

Paf! le…

Paf! punira…

Paf! terriblement…

Paf! en…

Paf! lui…

Paf! envoyant…

Paf! les…

Paf! plaies…

Paf! d'Égypte…

Paf! car…

Paf! il…

Paf! a frappé…

Paf! Maman…

La phrase était terminée, mais les coups continuaient de s'abattre. La tête de Thomas demeura vide pendant quelques instants. Puis elle se remplit de nouveau de mots terribles auxquels il n'avait encore jamais pensé auparavant.

Paf! Dieu…

Paf! n'existe…

Paf! pas…

Paf! Dieu…

Paf! n'existe…

Paf! pas…

Quand les coups s'arrêtèrent enfin et que Thomas eut remonté son caleçon et son pantalon sur ses fesses en feu, il savait que le Père tout-puissant avait été expulsé hors de lui pour toujours.

– Dieu miséricordieux, dit le père. Répète

– Dieu miséricordieux, dit Thomas.

– Pardonne-nous, pauvres pécheurs, dit le père.

– Pardonne-nous, pauvres pécheurs, dit Thomas.

– Tu restes ici, dit le père. Tu répéteras correctement cette phrase cent fois à voix haute avant de nous rejoindre en bas.

Et il descendit l'escalier comme il l'avait monté. Boum, boum. Boum, boum.

Thomas resta debout car ses fesses piquaient comme un coussin d'épingles. Il regarda par la fenêtre et murmura :

– S'il vous plaît, Dieu, voulez-Vous bien exister ? Envoyez-lui toutes les plaies d'Égypte, s'il Vous plaît. Il a frappé Maman et ce n'est pas la première fois !

Dieu se tut dans toutes les langues. Les anges essayèrent de sécher leurs larmes, mais leurs mouchoirs étaient tellement mouillés qu'il commença à pleuvoir, même dans les déserts.

2

À côté de chez Thomas vivait une vieille dame qui passait pour une sorcière aux yeux de tous les enfants du quartier. Elle habitait seule et portait des robes noires. Ses cheveux gris étaient relevés en chignon et elle avait deux chats noirs. Elle faisait ses courses une fois par semaine mais, les autres jours, elle restait chez elle pour concocter ses potions magiques.

Comme elle était une sorcière, les enfants l'embêtaient. Ils frappaient contre ses carreaux ou jetaient des trucs dégoûtants dans sa boîte aux lettres. Quand Eliza-à-la-jambe-en-cuir voyait ça, elle se fâchait et se lançait d'un pas craquetant à la poursuite des garnements.

– N'avez-vous rien de mieux à faire ? hurlait-elle. Laissez-la tranquille !

Thomas, lui, laissait la sorcière en paix. Il avait mieux à faire. Dans *Le livre qui dit tout,* il écrivit :

« Le mercredi 5 septembre 1951, Mme Van Amersfoort a ensorcelé le Mordeur-de-Fesses. »

Voici ce qui s'était passé :

De temps en temps, un gros chien noir faisait irruption dans la rue. Personne ne savait d'où il venait ni où il habitait. Il surgissait comme ça. Énorme, féroce et méchant. Tous les enfants se précipitaient alors chez eux en hurlant, mais le Mordeur-de-Fesses réussissait toujours à attraper l'un ou l'autre. Il plantait alors ses grandes dents menaçantes dans leurs derrières. Puis le chien avait disparu. Où ? Personne ne le savait. Il était simplement parti avant de reparaître quelques semaines plus tard.

Le 5 septembre, la vieille Mme Van Amersfoort, qui passait donc pour une sorcière, rentrait chez elle en traînant son sac rempli de commissions. C'était une belle journée. Beaucoup d'enfants jouaient dans la rue. Soudain, ils se mirent à crier, car le Mordeur-de-Fesses avait surgi dans la rue en courant et en montrant les dents.

Thomas fonça à toutes jambes pour rentrer chez lui, mais Mme Van Amersfoort lui coupa la route. Il se retrouva donc coincé juste derrière la vieille femme au moment où le Mordeur-de-Fesses se précipitait sur elle. Pour se protéger, Thomas pressa ses mains sur son derrière.

– Oh ! s'écria Mme Van Amersfoort d'une voix ferme.

Elle laissa tomber son sac de commissions sur le trottoir. Puis elle leva les mains en l'air, ce qui la fit paraître beaucoup plus grande qu'elle n'était en réalité.

– Oh ! s'écria-t-elle une seconde fois.

Surpris, le Mordeur-de-Fesses s'arrêta et leva les yeux vers les mains de la vieille dame.

C'est alors qu'elle commença à murmurer quelques paroles. C'étaient bien sûr des formules magiques, mais Thomas ne pouvait pas les comprendre.

Le Mordeur-de-Fesses lâcha de petits cris et agita timidement la queue.

Mme Van Amersfoort baissa les mains, mais sa bouche continuait de marmonner.

Dans un premier temps, le Mordeur-de-Fesses s'assit, puis il se coucha avant de rouler sur le dos, les quatre pattes en l'air.

Mme Van Amersfoort le laissa un moment dans cette position sans le quitter des yeux.

Thomas fut le seul à assister à cette scène, car les autres enfants s'étaient réfugiés chez eux.

– Brave chien, dit Mme Van Amersfoort. Et maintenant, rentre chez toi.

Le Mordeur-de-Fesses se leva d'un bond et quitta la rue, la queue entre les pattes.

Mme Van Amersfoort attrapa son sac, mais il était tellement lourd qu'elle réussit à peine à le soulever.

Thomas entendit un bourdonnement dans ses oreilles.

– Voulez-vous que je porte votre sac ? demanda-t-il.

Il avait dit ça sans y penser, ce qui le fit frémir.

Mme Van Amersfoort, qui passait aux yeux de tous pour une sorcière, le regarda d'un air sévère.

Le bourdonnement se transforma en une musique comme Thomas n'en avait encore jamais entendu. Une musique avec beaucoup de violons. Son cœur cognait avec angoisse et Thomas souhaita ardemment que Mme Van Amersfoort refuse son offre.

– Volontiers, dit-elle. C'est très gentil de ta part.

Elle ouvrit la porte d'entrée avec sa clé.

La musique s'était arrêtée et Thomas commença à tirer sur le sac, mais il n'arriva pas à le soulever d'un centimètre. On aurait dit qu'il était rempli de pierres.

Mme Van Amersfoort ne remarqua rien.

– Pour toi, ce n'est pas lourd, s'exclama-t-elle en entrant dans sa maison. Tu es déjà un si grand garçon.

Elle n'avait pas terminé de parler que les oreilles de Thomas recommencèrent à bourdonner. C'est alors que le sac se souleva lentement du trottoir. Il était encore lourd, mais moins qu'au début.

Mme Van Amersfoort avait disparu dans l'obscurité du corridor. Dans le lointain, une lampe s'alluma soudain.

– Pose-le ici ! cria la vieille dame.

Thomas vit qu'elle se tenait debout près de l'évier de la cuisine.

– Est-ce que tu veux un verre de grenadine ?

– Avec plaisir, madame, dit Thomas.

Son cœur battait à tout rompre parce que Mme Van Amersfoort était une sorcière et, par conséquent, sa cuisine était une cuisine de sorcière.

La grenadine était aussi rouge que du sang.

– Va t'asseoir dans le salon, dit Mme Van Amersfoort. J'arrive tout de suite.

Thomas entra dans la pièce et regarda autour de lui. Le verre de grenadine tremblait dans sa main.

« Ne faites pas attention au désordre », pensa Thomas, car c'est toujours ce que dit sa mère quand il y a de la visite à la maison. Chez lui, il n'y avait jamais de désordre, contrairement à ici où les chaises, les tables et le sol étaient recouverts de piles de journaux, de magazines et de livres. Le long des murs se dressaient des bibliothèques garnies d'ouvrages joyeusement mélangés. Une énorme mappemonde sur laquelle était couché un chat endormi se trouvait dans un coin. Une carte de géographie couverte de flèches grossièrement dessinées était punaisée à une des étagères. Au plafond était suspendu un grand oiseau aux ailes déployées.

Maintenant, Thomas savait avec certitude que ce qu'on disait était vrai. C'était bien la maison d'une sorcière. Mais il n'était pas encore certain que c'était la lugubre maison d'une sinistre sorcière. Pour cela, il faudrait attendre.

– J'arrive, cria Mme Van Amersfoort depuis la cuisine. Peut-être pourrais-tu dégager une chaise pour t'asseoir ?

Thomas déposa prudemment son verre sur une petite table basse, entre un album de photos et une pile de livres. Il ôta des journaux entassés sur un siège aux pieds en forme de patte de lion et s'assit.

Un chat noir sortit de dessous une armoire. Il s'approcha de Thomas en miaulant, la queue dressée comme un cierge. L'animal se frotta contre les jambes de Thomas. Le chat, installé sur la mappemonde lui adressa un regard endormi.

Puis Mme Van Amersfoort fit son entrée dans la pièce.

– Moi, je me suis servi une tasse de café, dit-elle.

Elle libéra une chaise et s'assit. Elle regarda Thomas d'un air satisfait.

– Je trouve ça vachement bien que tu sois ici, dit-elle.

Thomas sursauta quand il l'entendit prononcer le mot « vachement ». Avec ses amis de l'École protestante évangélique, il jurait sans arrêt, mais c'était la première fois qu'il entendait un adulte parler comme ça.

– Mes enfants ont quitté la maison depuis longtemps et mon mari…

Mme Van Amersfoort but une gorgée de café et regarda Thomas dans les yeux.

– Bien sûr, tu n'es pas au courant, dit-elle. Tu étais trop petit à l'époque. Ils ont fusillé mon mari.

– Oh ! fit Thomas sans comprendre.

– Fusillé, ça veut dire qu'ils l'ont tué en tirant sur lui avec des fusils, dit Mme Van Amersfoort. Mon mari faisait partie de la Résistance.

Thomas acquiesça.

– Je vois ce que vous voulez dire, ajouta-t-il.

Il sentit un grand chagrin s'installer dans sa gorge et dans son ventre. Un chagrin semblable à celui qu'il éprouvait lorsque, année après année, on crucifiait Jésus. Thomas était toujours content quand ça se terminait et que le Christ, sain et sauf, était enfin sorti de son tombeau.

– Ne sois pas triste, dit Mme Van Amersfoort.

Elle se leva et montra du doigt un coffret bleu.

– Tu sais ce que c'est? demanda-t-elle en l'ouvrant.

Thomas opina d'un signe de tête. Il avait reconnu un gramophone.

– Je vais te faire écouter quelque chose, dit Mme Van Amersfoort.

Elle mit un disque et activa ensuite vigoureusement la manivelle.

Une musique venue de loin emplit alors la pièce. C'était une musique comme Thomas n'en avait encore jamais entendu, avec beaucoup de violons. Le chagrin de Thomas s'évapora et se glissa hors de sa gorge et de son ventre. Le garçon ferma les yeux et là, derrière ses paupières, Jésus lui apparut soudain dans l'obscurité. Thomas en frissonna de peur mais il garda les yeux fermés, car il était curieux d'écouter ce que le Seigneur avait à dire.

Jésus sourit et parla :

– C'est terminé, je ne me laisserai plus jamais crucifier. J'en ai assez, il est temps que cela cesse.

Puis il disparut aussi vite qu'il était venu.

C'était une bonne nouvelle, notamment pour l'instituteur, M. Onstein, qui ne serait plus obligé de raconter cette horrible histoire en classe. Cette nouvelle rendit Thomas intensément heureux.

– C'est beau, non ? murmura Mme Van Amersfoort.

– Oui, fit Thomas.

Ses oreilles recommencèrent à siffler. La mappemonde se mit à tourner sur son axe en emportant le chat. Quand Thomas voulut le signaler à Mme Van Amersfoort, il vit que la lourde chaise sur laquelle elle était assise planait au-dessus du sol comme un nuage bas. Il eut à peine le temps de s'en rendre compte qu'il sentit son propre siège aux pieds en forme de patte de lion s'élever dans les airs avec majesté, comme si des mains puissantes le soulevaient. Thomas avait envie de hurler de joie mais, quand il vit le visage attentif de Mme Van Amersfoort, il comprit que c'était normal que les chaises se soulèvent et se mettent à flotter en l'air au son de cette musique.

– Beethoven, murmura Mme Van Amersfoort. Quand j'écoute cette musique…

Elle ne termina pas sa phrase.

Ce n'était pas nécessaire, car Thomas avait compris ce qu'elle voulait dire, même s'il était incapable de trouver les mots pour l'expliquer. Puis son esprit à son tour partit à la dérive et il s'imagina en train de survoler des champs verdoyants et un château devant lequel était garée une Rolls-Royce. Une superbe princesse agitait un mouchoir blanc à son intention. Elle avait une jambe en cuir qui grinçait quand elle marchait et elle portait une robe bleu clair avec un col blanc. Son père se tenait sur le perron en jouant du violon tandis que sa mère l'accompagnait en chantant d'une voix gracieuse.

Le disque s'arrêta et commença à grésiller. Thomas sursauta. Pouf! Les chaises atterrirent en douceur sur le tapis. «Est-ce que Mme Van Amersfoort s'est rendu compte que nous volions?» se demanda-t-il. Il n'en savait rien. Il attendit qu'elle dise quelque chose, mais elle n'ouvrit pas la bouche. Elle avait le regard perdu dans le lointain. Peut-être pensait-elle à son mari, qui avait été abattu à coups de fusil.

Thomas avala une gorgée de grenadine et dit :

– Comme vous avez beaucoup de livres ! Et de quoi parlent-ils, tous ces livres ?

– Mon Dieu, quelle question ! s'exclama Mme Van Amersfoort. Ils parlent de tout ce qui existe. Et, toi, est-ce que tu aimes lire ?

Thomas acquiesça.

– Attends, dit Mme Van Amersfoort en se levant. J'ai peut-être quelque chose pour toi.

Elle se dirigea vers la bibliothèque et demanda :

– Qu'est-ce que tu veux faire plus tard ?

– Être heureux, répondit Thomas. Plus tard, je veux être heureux.

Mme Van Amersfoort était sur le point d'attraper un livre, mais elle se retourna d'un air surpris. Elle regarda Thomas en riant et lui dit :

– Ça, c'est une vachement bonne idée. Et tu sais où commence le bonheur ? Il commence quand on cesse d'avoir peur.

Elle prit un livre sur une étagère.

– Voilà, dit-elle.

Thomas se sentit rougir.

Il regardait le livre posé sur ses genoux. Il s'appelait : *Émile et les détectives.*

– Merci, bredouilla Thomas.

– C'est l'histoire d'un garçon qui refuse d'avoir peur et qui combat l'injustice, dit Mme Van Amersfoort. Je crois qu'il te plaira.

Là-dessus, elle vida sa tasse de café et Thomas, son verre de grenadine.

– Tu t'es montré très courageux aujourd'hui, ajouta-t-elle. Tu es entré chez moi alors que tous les enfants du quartier disent que je suis une sorcière.

Thomas n'osait pas la regarder. Elle était donc au courant ! Elle avait dit ça d'un seul trait, sans détour ni faux-semblant.

– Et ils ont raison, dit-elle. Je suis une sorcière.

On aurait pu entendre une mouche voler. Il faisait tellement calme que Thomas perçut à travers le mur les cris de son père et les pleurs de sa mère.

– Mince alors, dit-il, il est déjà cinq heures et demie. Il faut que je rentre.

Il se leva en emportant le livre.

– Au revoir, madame, et merci.

Il sortit de la pièce, mais il s'arrêta devant la porte d'entrée. Avait-il suffisamment remercié Mme Van Amersfoort ? Non. Il fit demi-tour et ajouta :

– Merci pour tout.

– Y a pas de quoi, mon garçon, dit Mme Van Amersfoort. Tu n'auras plus peur, hein ?

– Non, répondit Thomas. En tout cas, plus des sorcières.

3

Quand Thomas entra dans le living avec son livre pressé contre sa poitrine, son père et sa mère étaient assis à la table en silence. Le livre des comptes était ouvert devant eux. C'est dans ce livre que la mère notait toutes les dépenses du ménage.

– Il est vraiment temps que j'aille préparer le dîner, dit-elle.

– Non, dit le père. Il faut d'abord en terminer avec ceci.

Un crayon rouge à la main, il examina le cahier et vérifia un à un tous les achats.

– Coucou, Thomas ! dit la mère.

Elle tendit une joue vers lui.

– Pas celle-là, Maman, dit Thomas. L'autre.

– Pourquoi ? demanda-t-elle.

– Parce que, répondit Thomas.

Il vit que sa mère était devenue toute rouge. Elle lui tendit alors la joue droite et Thomas y déposa un baiser. C'était la joue qui avait été frappée.

– Où as-tu trouvé ce livre? demanda le père, qui inscrivait les chiffres en colonne sur une feuille.

– C'est Mme Van Amersfoort qui me l'a donné, dit Thomas.

Le père leva les yeux. Il enleva ses lunettes et fixa son fils d'un air absent.

– Si je comprends bien, tu as rencontré Mme Van Amersfoort et elle t'a dit: «Voici un livre pour toi.»

– Non, ça ne s'est pas passé comme ça, dit Thomas.

– Comment alors?

– J'ai porté son sac de commissions jusque chez elle, continua Thomas.

– Ça, c'est gentil, s'exclama la mère. Cette pauvre femme est si seule...

Le père rechaussa ses lunettes et reprit ses calculs.

– Je préférerais que tu n'ailles pas là-bas, dit-il.

Le silence s'installa. L'horloge sur le manteau de la cheminée sonna six heures. Thomas regarda les geckos en cuivre qui escaladaient la cheminée en direction du plafond.

– Mais pourquoi ? demanda la mère d'une faible voix.

– Cette femme est une communiste, tu le sais très bien, répondit le père. Si les Russes arrivent un jour ici, elle sortira sur le trottoir pour hurler sa joie. Et nous, les chrétiens, nous deviendrons tous des esclaves.

Le silence s'installa de nouveau. Les portes de la véranda étaient ouvertes. On pouvait entendre les voisins parler et rire dans leur jardin. Portée par le vent, une vague de musique envahit la pièce.

– C'est beau, murmura la mère. Ça s'appelle : *Alle Menschen werden Brüder**.

– Montre-moi ce livre, dit le père.

Thomas le posa sur la table.

– *Émile et les détectives,* lut le père. Par Erich Kästner. Encore un communiste.

– Ce n'est qu'un livre pour enfants, dit la mère. Ça ne peut pas être bien dangereux.

Le père fit glisser le livre sur la table vers Thomas.

– Rapporte-le le plus tôt possible, dit-il. Et n'entre plus jamais dans la maison de cette femme.

* *Tous les hommes deviennent frères.*
Il s'agit du 4e mouvement de la *9e Symphonie* de Beethoven, mieux connu sous le titre *L'Hymne à la joie*.

– Est-ce que je peux aller préparer le dîner? demanda la mère.

– Comment as-tu l'intention de t'y prendre pour boucler cette fin de mois? demanda le père.

– Je prélèverai l'argent qui manque sur mon budget vêtements, répondit la mère.

– Il n'en est pas question, femme, dit le père, ce n'est pas la peine d'en arriver là.

Il sortit en soupirant son porte-monnaie de sa poche arrière et en retira un billet de vingt-cinq florins.

– Tiens, prends ça, dit-il. Mais à l'avenir essaie de t'en sortir avec l'argent réservé au ménage.

La mère se dirigea vers la cuisine avec le billet de vingt-cinq florins en main et Thomas se faufila hors du living en emportant son livre.

« Chère Eliza, écrivit Thomas dans *Le livre qui dit tout*, tu crois peut-être que tu n'es pas belle parce que tu as une jambe en cuir qui grince quand tu marches. Ou parce que tu n'as qu'un seul petit doigt à une main. Mais ce n'est pas vrai. Tu es la plus belle fille du monde. Plus tard, je crois que tu habiteras dans un château avec une Rolls-Royce parquée devant. Je n'écris pas ça parce que je veux sortir avec toi, car tu as déjà seize ans et moi seulement neuf (enfin, presque dix), et ce n'est donc pas possible entre nous. J'écris cela parce que c'est la vérité. »

Il regarda par la fenêtre et se dit : « Quel dommage que je n'ose pas écrire ça à Eliza. »

Dommage, trois fois dommage, car c'était une belle lettre, surtout le passage avec le château et la Rolls-Royce. « Jamais je n'oserai le faire, non, jamais. »

– Sais-tu où commence le bonheur ? résonna alors la voix de Mme Van Amersfoort dans la tête de Thomas. Il commence quand on n'a plus peur.

C'était facile à dire pour une sorcière. Mais peut-être en était-elle devenue une *parce qu*'elle avait cessé d'avoir peur.

Thomas attrapa une feuille de papier et écrivit : « Chère Eliza, en vérité je n'ose pas t'écrire ceci, mais je le fais quand même… »

Puis il recopia toute sa lettre avec le château, la Rolls-Royce et le reste. Il plia la feuille en quatre et la glissa dans une enveloppe. Il écrivit alors en lettres ornées : « Pour Eliza », et fourra l'enveloppe dans la poche de son pantalon. Peut-être, sait-on jamais, allait-il quand même oser la donner à Eliza.

– Thomas, Margot, à table ! cria la mère depuis le rez-de-chaussée.

Thomas croisa sa sœur dans le couloir.

– C'était comment là-bas ? demanda Margot.

– Où ça ? dit Thomas.

– Chez la sorcière, dit Margot.

Thomas trouva tout à coup que le mot « sorcière » sonnait bizarrement. Il dut reprendre sa respiration avant d'ajouter :

– Comment pourrais-je le savoir ?

Ils descendirent tous deux l'escalier.

– Je sais très bien que tu es entré chez elle, siffla Margot.

Quand ils arrivèrent devant la porte du living, elle attrapa son frère par le cou et lui dit :

– Allez, raconte. Comment c'était chez elle ?

Thomas la regarda. Que devait-il répondre ? Comment expliquer à une courge comment c'était chez Mme Van Amersfoort ?

– C'était… euh… différent, dit-il.

Margot le secoua.

– Différent de quoi ? demanda-t-elle.

– Différent d'ici.

Elle le relâcha.

– On en reparlera tout à l'heure, dit-elle.

Quand ils entrèrent, le père et la mère étaient déjà installés à table. Les plats fumaient sous la lampe. Thomas reconnut tout de suite les odeurs de pommes de terre, de chou-fleur et de viande. Il n'aimait pas le chou-fleur.

Le frère et la sœur allèrent s'asseoir.

– Prions, dit le père.

Ils joignirent les mains et fermèrent les yeux.

– Dieu qui êtes aux cieux, commença le père.

– Ah, Thomas, te voilà ! dit une voix dans la tête du garçon.

Dans l'obscurité, derrière ses paupières, Thomas vit Jésus vêtu d'une grande robe blanche qui flottait au vent.

– Comment ça va, mon garçon ? demanda Jésus.

– Bien, répondit Thomas.

– Bien ou vraiment très bien ? dit Jésus.

– Bien, répondit Thomas, mais…

Il n'osa pas continuer.

– N'aie pas peur, dit Jésus. Tu peux me parler sans crainte, tu sais. Je ne répéterai rien à personne. Parole d'honneur.

Le Seigneur Jésus cracha dans sa main droite et leva deux doigts.

– Il n'a pas le droit de frapper Maman, dit Thomas.

Il sentit monter les larmes, mais il ne voulait pas pleurer.

– Qui n'a pas le droit de frapper ta maman? demanda Jésus.

– Vous le savez très bien, dit Thomas, furieux.

– Je n'ai rien à voir avec cette histoire, dit Jésus.

«Comme c'est curieux, pensa Thomas. Seul Grand-père dit toujours ça: "Je n'ai rien à voir avec cette histoire."»

– Je veux dire, poursuivit Jésus, que je ne suis au courant de rien.

– Je parle de Papa, bien sûr! s'exclama Thomas.

Jésus se taisait, mais on pouvait lire sur son visage qu'il était très choqué. Mais aussi triste et fâché.

– Par tous les saints! dit-il alors. Il perd la tête ou quoi?!

Ça, en revanche, c'était une expression typique de tante Pie!

À cet instant, Thomas entendit de nouveau la voix de son père:

– Au nom de Jésus notre Seigneur, amen.

Quand Thomas ouvrit les yeux, Jésus avait disparu.

– Bon appétit, dit la mère.

Le père coupa la viande. Le couteau la traversa comme si c'était de la mousse. Mais ce n'en était pas, car on pouvait voir le sang perler.

– Ce couteau est aussi tranchant qu'une lame de rasoir, hein P'pa ! dit Margot.

– Oui, dit le père avec fierté. Je l'aiguise toutes les semaines.

– Il peut tout découper, dit Margot. Rien ne lui résiste.

– C'est vrai, dit le père. On pourrait dépecer une vieille vache avec.

– Criss, criss, fit Margot, le regard brillant.

Le père partagea la viande et s'attribua le plus gros morceau parce qu'il devait travailler très dur au bureau.

– Je déteste les couteaux émoussés, dit-il.

Ce soir-là, au moment de le mettre au lit, la mère confia à son fils :

– Le mari de Mme Van Amersfoort a donné sa vie pour sauver notre liberté. Elle-même a sauvé des gens pendant la guerre. Je t'autorise à aller chez elle quand tu veux, mais fais attention que Papa n'en sache rien.

– D'accord, Maman. Maman ?

– Oui ?

– Est-ce que tu es heureuse ?

– Oui, mon chéri, parce que tu me rends heureuse.

Elle embrassa son fils, éteignit la lumière et descendit.

Thomas réfléchit à ce que venait de lui dire sa mère. Qu'il n'était pas obligé d'obéir à son père s'il agissait en cachette. Et qu'elle était heureuse. Pourtant, il avait le sentiment que quelque chose n'allait pas, mais il ne savait pas très bien quoi.

4

Thomas était inquiet, car il avait osé franchir le pas. Il avait glissé son enveloppe dans la boîte aux lettres d'Eliza. Qu'allait-il faire s'il la rencontrait? Le mieux serait de se cacher et de ne plus jamais se montrer. C'est pourquoi il décida de rester à la maison et de lire *Émile et les détectives*. C'était un beau livre qui parlait d'un jeune garçon allemand en visite à Berlin. Nulle part, il n'était question de Dieu. Il semblait même qu'Émile ne devait jamais aller à l'église, ce qui était curieux.

Quand il eut lu pendant une demi-heure, Thomas posa le livre en soupirant. Dehors, il faisait beau. Peut-être pourrait-il malgré tout sortir un moment en étant prudent. S'il voyait Eliza, il pourrait bondir vers un porche ou se faufiler derrière une grosse dame, comme Émile l'avait fait à Berlin. Lorsqu'il descendit l'escalier vers la porte d'entrée,

Thomas aperçut au pied des marches une enveloppe blanche sur le paillasson. Sa bouche devint sèche tant il était nerveux. Cette lettre était d'Eliza, il en était certain. Si c'était une lettre désagréable, il préférait mourir. Il irait alors se noyer au milieu des porte-glaives dans le canal qui longeait le quai Reijner Vinkeles.

Le cœur battant, il descendit les marches une à une et ramassa l'enveloppe sur le paillasson. Il était écrit dessus : « Pour M. A. Klopper ». Ce n'était donc pas pour lui, mais pour son père. Et, au verso, on pouvait lire : « Mme Van Amersfoort-Raaphorst ».

Ce n'était pas du tout une tre d'Eliza ! C'était une lettre de Mme Van Amersfoort pour son père ! Ce qui était bien plus grave ! C'était même une catastrophe nationale ! Thomas enfouit vite l'enveloppe sous sa chemise. Puis il leva les yeux vers la cage d'escalier plongée dans l'obscurité. Personne ne l'avait vu. Il ouvrit doucement la porte d'entrée et la referma derrière lui. Puis il s'élança dans la rue, tourna le coin et courut jusqu'à ce qu'il arrive dans un endroit où on ne le reconnaîtrait pas. Là, il s'arrêta pour reprendre son souffle.

Il regarda l'enveloppe dans sa main. Pourquoi Mme Van Amersfoort avait-elle écrit une lettre à son père ? Cela n'annonçait rien de bon. Il ne fallait pas que son père la trouve. Thomas devait la déchirer et l'enterrer, car Mme Van Amersfoort était une *commounisse* ou quelque chose du genre mais aussi une sorcière. Et qui serait puni si son père découvrait cette lettre ? Lui, bien sûr ! Thomas ! Lui seul ! Il serra l'enveloppe dans ses mains et il s'apprêtait à la déchirer quand il se demanda soudain ce qu'elle pouvait bien contenir. Et s'il lisait la lettre avant de la déchirer ? Ainsi, il saurait au moins de quoi elle parlait !

Il regarda autour de lui pour s'assurer que personne ne l'observait. Il ouvrit l'enveloppe avec soin. Pourquoi tremblait-il comme ça ? Pourquoi avait-il mal au ventre comme s'il avait avalé un hippopotame ? Parce qu'il n'avait absolument pas le droit de faire ça. « Mais je n'ai pas le choix, se dit-il, car, si je ne le fais pas, des choses plus graves arriveront peut-être. » Quel genre de choses ? « Quelqu'un, par exemple, recevra une fessée et ce quelqu'un, par exemple, ce sera moi. »

Il sortit la lettre de l'enveloppe et la déplia. Elle ne contenait qu'une seule phrase. Thomas la lut à voix haute : *Un homme qui bat sa femme se couvre de déshonneur.*

« Un homme qui bat sa femme... » marmonna Thomas, inquiet. Elle était donc au courant ! Il en rougit de honte. Elle avait découvert le terrible secret. Il existe des secrets qu'on peut raconter sans danger. Mais celui-ci, personne ne devait le découvrir, car il était horrible. Mme Van Amersfoort le connaissait. Comment était-ce possible ? Est-ce que quelqu'un le lui avait dit ou l'avait-elle deviné toute seule parce qu'elle était une sorcière ?

– ... se couvre de déshonneur, marmonna Thomas, qui ne savait pas ce que se déshonorer voulait dire.

– Il ne faut pas que Papa lise ça, murmura le garçon. Sinon, ça me retombera dessus et peut-être aussi sur Maman.

Il se dirigea vers le monument Van Heutz, devant lequel se trouvait une pièce d'eau avec des fontaines où des enfants prenaient un bain de pieds. À l'arrière poussaient des buissons. Thomas se faufila au milieu de la végétation, s'accroupit et creusa un trou dans le sol avec ses mains. Il y enterra l'enveloppe mais, lorsqu'il voulut y enfouir la lettre, il hésita. Il relut la phrase écrite par Mme Van Amersfoort. *Un homme qui bat sa femme se couvre de déshonneur.* Il réfléchit. Peut-être était-ce une formule magique ? Une formule qui avait le pouvoir de transformer les gens en… euh… quelque chose d'autre. Pourquoi pas ? Il rebouchа le trou. Il avait enterré l'enveloppe, mais pas la lettre.

Thomas retourna chez lui avec la feuille repliée dans la poche de son pantalon. Il devrait cacher ce message quelque part dans la maison jusqu'à ce qu'il comprenne avec précision ce qu'il signifiait. Quand il arriva dans sa rue, il était tellement perdu dans ses pensées qu'il ne vit pas Eliza. Il ne leva la tête que lorsqu'il entendit les craquements de sa jambe en cuir.

Leurs regards se croisèrent par hasard et le visage du garçon s'empourpra aussitôt.

– Écoute, Thomas, dit Eliza.

Les yeux fixés sur les dalles du trottoir, Thomas sentit son cœur s'emballer.

– C'est la plus… la plus… la plus belle lettre que j'aie jamais reçue, entendit-il Eliza lui dire.

Elle n'était donc pas fâchée. Il osa relever la tête. Peut-être se moquait-elle de lui ?

– Je vais la garder bien précieusement, continua Eliza. Et, chaque fois que je serai triste, je la lirai.

– Oh ! fit Thomas. Chouette.

– Tu es un garçon absolument adorable, dit-elle.

Plus tard, quand j'habiterai dans mon château, tu seras toujours le bienvenu. Et on ira se promener en Rolls-Royce.

Eliza se pencha vers lui et l'embrassa sur la joue. Puis elle repartit.

C'était incroyable ! Il avait reçu un baiser d'Eliza en plein milieu de la rue. Grâce à la lettre qu'il lui avait écrite ! Ses oreilles se mirent à siffler et il entendit une musique qu'il connaissait déjà, une musique avec beaucoup de violons. Thomas fit un bond de joie et, à son grand étonnement, il s'éleva de deux mètres dans les airs, tellement il était devenu léger.

De retour chez lui, il nota dans *Le livre qui dit tout* : « Je dois écrire des lettres aux gens. Ça leur fait plaisir et ils me trouvent adorable. »

Il sortit de sa poche la lettre de Mme Van Amersfoort. Il regarda autour de lui. Où pourrait-il bien la cacher ? Dans l'armoire, au milieu de ses habits ? Non, sa mère la rangeait toutes les semaines. Sous le matelas ? Non. Derrière le morceau de papier peint décollé ? Non plus.

Émile et les détectives était posé sur la table, à côté de lui. En le voyant, Thomas comprit tout à coup que la solution se trouvait à l'intérieur du livre. Une épingle. Non, il y avait mieux encore : une épingle de sûreté ! Mais comment s'en procurer une ? Le tablier de sa mère lui apparut alors devant les yeux. Thomas descendit l'escalier sans faire de bruit et se glissa dans la cuisine. Il trouva le tablier suspendu à un crochet par une épingle de sûreté. Thomas le décrocha, défit l'épingle de sûreté d'un coup sec et s'en empara. Il remit le tablier en place comme il put et retourna en catimini dans sa chambre. Il prit la lettre pliée en quatre et enfonça l'épingle de sûreté à travers les quatre couches de papier. Puis il déboutonna sa chemise et épingla la lettre à l'intérieur, derrière la poche de devant. De l'extérieur, impossible de deviner quoi que ce soit. Il reboutonna sa chemise. Désormais, il porterait sur son cœur la formule magique de Mme Van Amersfoort.

Après le repas, le père ouvrit la Bible et lut à voix haute :

Et Dieu dit à Moïse : le cœur du pharaon ne s'adoucira pas. Le peuple ne pourra pas s'en aller. Demain, tu iras trouver le pharaon. Il se rend tous les jours au bord du fleuve. Tu l'attendras sur la rive. Tu emporteras avec toi ton bâton et tu frapperas les eaux du Nil. Elles se changeront alors en sang.

« C'est la première plaie, se dit Thomas. L'eau est devenue aussi rouge que de la grenadine. Le pharaon a dû avoir horriblement peur. »

Les poissons crevèrent et commencèrent à empester, lut encore le père.

« Les poissons ? pensa Thomas. Et les porte-glaives aussi ? Ce n'était pourtant pas la faute des poissons si le pharaon était un méchant homme ! »

Thomas regarda son aquarium, dont les reflets verdâtres éclairaient la sombre pièce de derrière où il était installé. Si l'eau devenait soudain aussi rouge que du sang, est-ce que les poissons mourraient eux aussi ?

– Toutes les plaies d'Égypte, murmura Thomas. L'une après l'autre.

Il aimait beaucoup ses poissons, mais il était parfois nécessaire de faire des offrandes.

– C'est fini pour aujourd'hui, dit le père en refermant la Bible. Que disais-tu, Thomas ?

– Je disais : « Toutes les plaies d'Égypte. »

– Oui, répondit le père, satisfait. C'était la première. Demain, nous verrons la deuxième.

Thomas jouait dehors quand surgit une Jeep de la police. Elle tourna le coin de la rue et s'arrêta dans un crissement de pneus. Trois policiers bondirent hors du véhicule avant de se précipiter vers la maison située au numéro 1. Ils sonnèrent à la porte tout en la bourrant de coups de pied. C'était une scène effrayante. Une foule de gens se rassembla aussitôt.

– Que se passe-t-il ?

– Ils viennent chercher Bikkelmans.

– Le collabo ?

– Je ne sais pas s'il était membre du parti nazi, mais il était aussi pourri que… euh…

– Que de la bouillie ?

Des rires fusèrent. La porte de la maison s'ouvrit et les policiers s'engouffrèrent dans l'escalier. C'est alors qu'arriva Mme Van Amersfoort. Elle déposa son lourd sac par terre et fixa en silence la cage d'escalier de la maison située au numéro 1.

– C'est pas trop tôt, hein, Mme Van Amersfoort, s'exclama quelqu'un.

La femme haussa les épaules et dit :

– Ah ! ce n'est qu'un pauvre gars !

Pendant tout un temps, il ne se passa rien. Puis des bruits et des cris résonnèrent en haut de l'escalier. Deux policiers sortirent de la maison, encadrant un homme qui se débattait. Le premier agent tirait le malheureux par les cheveux tandis que le deuxième le tenait par le cou. Quant au troisième, il fermait la marche en poussant le prisonnier dans le dos.

– Dommage que vous n'ayez pas été aussi courageux pendant la guerre ! s'écria soudain Mme Van Amersfoort. C'est un être humain, pas un cochon !

Les policiers l'ignorèrent. Ils couchèrent l'homme sur la banquette arrière de la Jeep. Deux d'entre eux prirent place à l'avant. Le troisième, lui, monta à l'arrière, s'assit sur les épaules du prisonnier, et s'enveloppa de son long manteau afin de cacher celui qu'il emmenait. Bientôt, on n'entendit plus que les cris de l'homme par-dessus le rugissement du moteur.

– Qu'est-ce que c'est que ces manières ? s'écria Mme Van Amersfoort. On ne vous a donc jamais rien appris ?

Mais la Jeep démarra en trombe et tourna le coin de la rue à toute allure.

– Est-ce que vous avez vu ça ? hurla Mme Van Amersfoort, furieuse.

Personne ne dit rien. Sauf Thomas :

– Oui, je l'ai vu.

Les gens s'en allèrent.

– Il a ce qu'il mérite, dit encore quelqu'un. Il est encore plus pourri que ce qu'on croyait.

Mme Van Amersfoort sortit un paquet de Golden Fiction de la poche de son manteau et alluma une cigarette. Puis elle regarda Thomas.

– Je n'aurais pas dû crier ainsi, dit-elle. Mais je ne peux pas supporter de voir maltraiter des gens. Et maintenant, je suis tout essoufflée.

– Vous voulez que j'apporte votre sac chez vous ? demanda Thomas.

– On va le porter à deux, dit Mme Van Amersfoort. Il est rempli de livres.

Elle attrapa une poignée et Thomas l'autre.

– Qu'est-ce que cet homme a fait ? demanda Thomas.

– Ah ! dit-elle, il a fait un mauvais choix.

– Oh ! fit Thomas. Je vois.

Mme Van Amersfoort but son café et Thomas sa grenadine. Couché sur les genoux du garçon, dont les jambes étaient devenues toutes chaudes, un des chats ronronnait.

– J'ai terminé le livre, dit Thomas.

– Et alors ? Comment l'as-tu trouvé ?

– Beau.

– Qu'est-ce qui t'a plu ?

– Que tous ces enfants aident Émile, répondit Thomas. Et qu'ils attrapent tous ensemble le bandit. J'ai aussi beaucoup aimé l'histoire avec l'épingle.

Mme Van Amersfoort acquiesça.

Hormis le ronronnement du chat, on n'entendait pas le moindre bruit.

– Je voudrais vous demander quelque chose, dit Thomas d'un air gêné. C'est une demande un peu bizarre.

– Moi aussi, j'ai une question un peu bizarre à te poser, dit Mme Van Amersfoort. Toi d'abord.

– Est-ce que je peux emporter la grenadine à la maison ? demanda Thomas.

Il n'osait pas regarder Mme Van Amersfoort dans les yeux.

– Tu peux terminer ton verre ici si tu veux, répondit-elle, étonnée.

– Je veux parler d'emporter la bouteille, ajouta Thomas.

Il ne regardait toujours pas Mme Van Amersfoort. Elle allait certainement lui demander pourquoi et il ne pourrait pas lui répondre.

– La bouteille… dit-elle. D'accord, j'en achèterai une nouvelle.

– Merci beaucoup, dit Thomas.

Elle n'avait posé aucune question. Peut-être savait-elle pourquoi il voulait cette bouteille, car elle était une sorcière.

– Maintenant, à mon tour, dit Mme Van Amersfoort. Voilà la question bizarre que je voudrais te poser : Thomas, est-ce que tu es parfois battu à la maison ?

Thomas sentit la peur le frapper au ventre comme un coup de poing.

– Moi ? s'exclama-t-il. Mais non !

« Il m'arrive bien de recevoir une raclée, pensa-t-il, mais c'est Maman qui est battue. »

« Maman ! avait-il envie de dire. C'est elle qui est battue ! »

Mais sa gorge refusait de s'ouvrir, comme si un couvercle la maintenait fermée.

Mme Van Amersfoort se tut pendant un long moment. Le chat sauta des genoux de Thomas puis s'étira. Le garçon vida son verre d'un seul trait. Mme Van Amersfoort savait tout, absolument tout. Mais la bouche de Thomas refusait toujours de s'ouvrir, il était incapable de parler.

«Jésus, Maman, pensa-t-il, qu'est-ce que je dois faire ? »

– Heureusement que tu n'es pas battu, dit enfin Mme Van Amersfoort. Et si nous écoutions un peu de musique ?

Thomas regarda l'horloge sur le manteau de la cheminée.

– Il est bientôt l'heure que je rentre à la maison, dit-il.

– Bien, dit Mme Van Amersfoort en se levant. Je vais vite te choisir un autre livre. Tiens, prends celui-ci, mais j'aimerais que tu me le rendes quand tu l'auras terminé. Ça s'appelle : *Sans famille.* C'est l'histoire d'un garçon qui se retrouve seul sur terre.

Elle accompagna Thomas jusqu'à la porte d'entrée.

– Je te prête ce livre justement parce que tu n'es pas seul sur terre, dit-elle.

– Ah bon ! dit Thomas en la regardant d'un air timide. Et la grenadine ? murmura-t-il.

5

– Au nom de notre Seigneur Jésus-Christ, amen, dit le père.

Il ouvrit les yeux et ajouta :

– Bon appétit.

– Bon appétit, répondirent Thomas et sa mère.

– Regardez ! s'exclama Margot. L'aquarium est tout rouge !

Le père se retourna. Et la mère aussi.

– Ça alors ! dit Thomas. Comment est-ce possible ?

Margot se mit à rire.

– Moi, je sais ! hurla-t-elle.

Mais elle riait tellement qu'elle n'arrivait plus à parler. Ses yeux se remplirent de larmes.

Le père se leva et se dirigea vers l'aquarium.

– Je sais ! cria Margot. L'eau a été changée en sang !

Le père revint à table et s'assit. Son visage était livide. Il commença à manger.

– Tu dois vite changer cette eau, dit la mère à Thomas.

– Non, intervint le père. L'eau restera ainsi.

Il avala une bouchée et son visage reprit peu à peu des couleurs.

– Hi ! hi ! hi ! ricana Margot, qui était bête comme une oie. C'est un miracle !

– À l'époque du pharaon, dit le père, il existait aussi des blagueurs qui coloraient de rouge les eaux du Nil. C'étaient les magiciens du pharaon. Et ils disaient : « Ce que Dieu peut, nous le pouvons aussi. »

– Comment faisaient-ils ? demanda Margot.

– Je ne sais pas, dit le père. Mais une chose est sûre : ils ont fini en enfer.

– Peut-être y a-t-il dans l'eau une bactérie ou quelque chose de ce genre, dit la mère d'une voix nerveuse.

– Je ne pense pas, dit le père. Je crois que la bactérie est assise ici, à cette table. Une bactérie humaine qui trouve amusant de rire de la toute-puissance de Dieu.

– Un magicien ? s'exclama Margot, enthousiaste.

Thomas observa le visage de sa sœur et vit dans ses yeux une chose qu'il n'avait encore jamais observée. «Elle est en train de se moquer de Papa», pensa Thomas, surpris.

– Un traître, dit le père, exactement comme l'étaient les magiciens du pharaon. Des hommes possédés par le mal.

– Ouah! fit Margot en gloussant bêtement. Comme tout ça est passionnant, P'pa.

– Je changerai l'eau de l'aquarium tout à l'heure, dit la mère.

– Pas question, dit le père. Car il est écrit: *Les poissons crevèrent et commencèrent à empester.*

La mère ne répondit pas et Margot se mit à parler du livre qu'elle devait lire pour l'école. Personne ne l'écoutait. Quand tout le monde eut terminé de manger, le père ouvrit la Bible et dit:

– Retiens ceci, Margot. Il n'existe qu'un seul vrai livre sur cette terre: c'est la Bible. Ceux que tu dois lire pour l'école ont été écrits par des personnes semblables aux magiciens du pharaon. Ce sont tous des pécheurs. Ils écrivent des livres, mais ce n'est que du vent.

– Oh, fit Margot en regardant ses ongles.

– Lis-les en faisant preuve d'intelligence et

veille à ce que ton cœur reste fidèle à la Bible, dit le père.

– Mon cœur appartient à Johnny, chuchota Margot.

– Qu'as-tu dit?

– Rien, P'pa.

Le père mit ses lunettes et lut à voix haute : *Mais les magiciens égyptiens en firent autant grâce à leurs pouvoirs : ils changèrent l'eau en sang. C'est pourquoi le pharaon n'écouta pas Moïse.*

Dieu lui dit alors : Va voir le pharaon et dis-lui de libérer mon peuple. Et s'il refuse, dis-lui que je vais infester de grenouilles tout son pays. Le Nil grouillera de grenouilles qui pénétreront dans sa maison et dans son lit. Il y en aura partout. Et c'est ce qui arriva. Les grenouilles recouvrirent toute l'Égypte.

Mais les magiciens, eux aussi, réussirent grâce à leurs pouvoirs à faire surgir de partout des grenouilles qui se répandirent dans tout le pays d'Égypte.

Le père ferma la Bible et dit :

– C'est fini pour aujourd'hui.

– Ils étaient plutôt malins, ces magiciens, dit Margot en soupirant.

– Le diable est terriblement malin, dit le père.

La mère empila les assiettes et dit :

– Prends-les, Thomas.

Le garçon emporta les assiettes vers la cuisine. Sa mère, elle, entra avec les casseroles.

– Prends un seau et suis-moi, murmura-t-elle.

Le seau vide à la main, Thomas l'accompagna. Il traversèrent la pièce de devant et se rendirent dans la pièce de derrière, où se trouvait l'aquarium. La mère fit glisser le couvercle avec les néons sur le côté.

– Où est le siphon ? demanda-t-elle.

Thomas déposa le seau sur le sol. Puis il ouvrit une petite armoire située sous l'aquarium et en sortit un tuyau en caoutchouc. Sa mère enfonça un bout du tuyau dans l'eau et commença à aspirer à l'autre extrémité.

– Qu'est-ce que vous faites ? demanda le père.

Ils ne l'avaient pas entendu arriver. Avec le tuyau dans la bouche, la mère ne pouvait pas lui répondre. Thomas leva les yeux vers son père. « Seigneur Jésus, pensa-t-il, aidez-nous ! »

La mère sortit le tuyau de sa bouche et le dirigea vers le bas. Un jet d'eau rouge se mit à couler en tambourinant dans le seau.

– Nous allons changer l'eau de l'aquarium, dit la mère.

Le père enfonça ses mains dans ses poches.

– Qu'est-ce que j'ai dit? demanda-t-il.

– Il faut le faire, dit la mère. Sinon, les poissons vont mourir.

– Ça servira de leçon à notre impie magicien, dit le père.

– Je ne suis pas d'accord, dit la mère.

– Tu m'as entendu, femme, dit le père. Arrête ça immédiatement.

– Non, dit la mère.

– Papa! appela Margot depuis la pièce de devant. Tu pourrais m'aider en géométrie?

– Je compte jusqu'à trois, dit le père.

– Vas-y, dit la mère.

L'eau rouge rebondissait dans le seau.

– Un… deux… trois, compta le père.

– Papa? cria Margot.

Le père bondit vers l'avant. D'une main, il retira le tuyau hors de l'aquarium et, de l'autre, il frappa sa femme en plein visage. Elle hurla. C'est alors qu'il se produisit une chose incroyable: elle lui rendit ses coups. Elle criait et frappait, frappait, frappait, mais elle ne toucha son mari qu'une seule fois au visage. Les autres coups échouèrent sur son bras. L'homme se mit ensuite à la battre sauvagement partout où il pouvait l'atteindre. Il était beaucoup plus fort qu'elle. La femme se recroquevilla et tomba par terre en pleurant. À cet instant, il commença à pleuvoir sur la terre entière.

– Papa ! cria Margot. La Bible a été écrite par des gens. Par des gens !

C'est alors qu'on sonna à la porte.

L'horloge avait beau faire tic-tac, les aiguilles ne voulaient plus avancer. La tête inclinée, le père écoutait le silence. La mère sanglotait doucement. Margot se tenait à côté de la table dans la pièce de devant, raide comme un cierge. Thomas essaya d'arrêter de respirer.

La sonnette résonna de nouveau. Un coup long et insistant.

– Qui cela peut-il être ? murmura le père.

« Notre Seigneur Jésus », pensa Thomas.

Le père s'agenouilla à côté de sa femme allongée par terre.

– Toi, tu montes, dit-il.

Il la secoua par l'épaule. La femme se releva en titubant. Son nez saignait.

– Prends ce mouchoir, dit le père. Et file en haut.

La mère quitta la pièce en trébuchant et monta à l'étage.

Le père s'avança au-dessus de l'escalier qui conduisait à la porte d'entrée et regarda en bas.

La sonnette retentit encore une fois.

Il tira sur la corde suspendue à côté de la rampe d'escalier et la porte d'entrée s'ouvrit aussitôt.

Quelqu'un s'introduisit à l'intérieur de la maison.

– Voisine ? demanda une voix de femme. Auriez-vous un peu de sucre à me prêter ? De quoi remplir une petite tasse ?

Thomas s'était glissé dans le couloir derrière son père. Son cœur battait à toute vitesse, car il avait reconnu la voix. Ce n'était pas le Seigneur Jésus, mais bien Mme Van Amersfoort.

– Bien sûr, Mme Van Amersfoort, cria le père. Je vais vous en donner.

– Ah, c'est vous ! dit la vieille dame, qui entreprit de monter l'escalier.

– Restez en bas, je vais vous en apporter ! cria le père.

Mme Van Amersfoort semblait ne pas avoir entendu, car elle continuait de monter.

Le père fonça vers la cuisine, prit du sucre, remplit une tasse à toute vitesse et revint en courant vers la cage d'escalier.

Mais Mme Van Amersfoort était déjà en haut. Elle se tenait dans le couloir avec une tasse vide à la main.

– Quelle drôle de pluie tout à coup, dit-elle.

– Ah bon! dit le père. Mais je vois que vous avez déjà une tasse.

Il versa le sucre. Sa main tremblait.

– Merci beaucoup, dit Mme Van Amersfoort. Votre femme n'est pas là?

– Elle ne se sent pas très bien, répondit le père.

– Oh! fit Mme Van Amersfoort. Et de quoi souffre-t-elle?

– De maux d'estomac, dit le père.

Les oreilles de Thomas commencèrent à siffler. Il entendit une musique qu'il connaissait déjà, avec beaucoup de violons.

«Papa a peur», pensa-t-il, étonné.

– Peut-être devrions-nous parler un de ces jours? proposa Mme Van Amersfoort.

– Parler? demanda le père.

– Réfléchissez-y, dit Mme Van Amersfoort.

Ses yeux glissèrent du père vers Thomas.

– Salut, Thomas, dit-elle. Tu embrasseras ta maman de ma part.

Elle descendit lentement l'escalier.

– Merci pour le sucre ! cria-t-elle.

Quelques instants plus tard, la porte se referma sur elle.

Le père se laissa tomber sur les genoux. La sueur dégoulinait de son front le long de son nez. Il joignit les mains et leva les yeux au ciel.

– Seigneur Dieu, pardonnez-moi de m'être emporté. Que dois-je faire de plus pour amener cette famille jusqu'à Vous ? Venez en aide à Votre serviteur, ô mon Dieu. Je Vous le demande au nom de notre Seigneur Jésus-Christ, amen.

Thomas observa l'homme agenouillé par terre. Le père avait les larmes aux yeux, mais Thomas n'éprouva pas la moindre pitié pour lui.

– Je monte, dit-il. Est-ce que je dois prendre la cuillère ?

L'homme fixa Thomas de son regard mouillé.

– Non, mon garçon, dit-il d'une voix rauque.

Il tendit les bras vers Thomas et dit :

– Viens près de moi.

Thomas fit un pas en arrière et monta l'escalier. Quand il arriva à l'étage, il frappa à la porte de la chambre à coucher de ses parents. Sa mère ne répondit pas, mais Thomas l'entendait sangloter. Il ouvrit doucement la porte. Sa mère était couchée sur le lit, le visage tourné vers la fenêtre. Thomas s'approcha et l'embrassa sur sa joue humide. Comme il ne savait pas quoi dire, il se tut.

– Ne recommence plus ça, Thomas, dit sa mère entre deux sanglots. Plus jamais de plaies d'Égypte.

– D'accord, Maman, dit le garçon.

Il attendit au cas où elle aurait voulu dire autre chose, mais elle n'ajouta rien.

Quand Thomas se retrouva dans son lit, il essaya de prier. Il avait tout juste commencé de dire : « Seigneur Dieu, ne lui pardonnez pas, ne lui pardonnez jamais… » que Jésus-Christ lui apparut. Il flottait revêtu de la même robe blanche que l'autre fois dans un endroit qui ressemblait à un désert. En tout cas, il y avait du sable partout et un gigantesque ciel bleu.

– Bonjour, Thomas, dit Jésus. Tout va bien ?

– Non, répondit Thomas.

– Qu'est-ce qui ne va pas ? demanda le Seigneur.

– Beaucoup de choses, dit Thomas. Et, pour être honnête, Vous ne nous êtes pas d'une grande aide.

Thomas vit que le Seigneur était vexé, mais cela lui était égal.

– Comment ça ? demanda Jésus. Qu'est-ce tu dis ? C'est tout de même moi qui ai sauvé l'humanité !

– Sauvé ? s'étonna Thomas. Et je peux savoir de quoi ?

Le Seigneur fronça le front.

– Mais enfin, dit-il. Tu le sais très bien.

– Non, dit Thomas, je n'ai rien à voir avec toute cette histoire.

En entendant cela, le Seigneur se mit à rire aux éclats. À voir Ses dents parfaites, Il ne devait pas avoir peur d'aller chez le dentiste.

– Bien, bien, dit Jésus. Tu comprendras tout ça quand tu seras plus grand.

– Si Vous le dites, répondit Thomas.

Le Seigneur Jésus se pencha vers l'avant. Il commença à écrire dans le sable avec son index. Quand il eut terminé, il se redressa.

– Je suis content que tu existes, Thomas !

Le Seigneur Jésus regarda Thomas et posa la main sur la tête du garçon.

– Tu es fort, Thomas, dit-il. Tu es fort parce que tu es gentil. Tu te souviendras de ça ? Ici, au ciel, nous sommes fiers de toi. Est-ce que tu me crois ?

– Oui, Seigneur Jésus, répondit Thomas.

– Tu peux m'appeler Jésus, sourit le Seigneur. Tu es, en effet, le garçon que je préfère. Il se pourrait même que je t'appelle auprès de moi.

On ne pouvait pas vraiment compter sur Lui, mais c'était sympa de sa part de venir bavarder de temps en temps.

– Ce serait formidable, Jésus, dit Thomas.

Et il s'endormit.

6

«Je me souviens de tout, écrivit Thomas dans *Le livre qui dit tout*. Je n'oublie rien. Je note tout afin de me rappeler plus tard avec précision ce qui s'est passé.»

Et voici ce qui était arrivé ce matin-là : Thomas avait été réveillé par un bruit venant de la rue, comme si mille personnes marchaient en marmonnant. Mais c'était impossible, car il était à peine six heures ! Thomas s'habilla, se dirigea vers la fenêtre et regarda dehors. Au début, il ne vit rien parce que ses yeux dormaient encore ; mais ses oreilles, elles, étaient réveillées. Le bruit ne semblait plus produit par des humains. Il ne ressemblait plus à rien. Thomas regarda vers le bas et vit que les pavés de la rue et les dalles des trottoirs avaient changé de couleur. Ils étaient devenus verdâtres. Quand ses yeux furent bien ouverts, Thomas remarqua que tout bougeait.

La rue et les trottoirs étaient recouverts de quelque chose de vert qui se mouvait. Il comprit tout de suite de quoi il s'agissait : c'étaient des grenouilles ! Elles avaient envahi la rue Breughel. Lorsqu'il pencha la tête en direction de la rue Apollo, il vit des grenouilles à perte de vue. Et c'était la même chose dans la rue Jan Van Eyck, où elles arrivaient dans un flot continu. Elle coassaient. Ce bruit de crécelle rappelait celui de l'éboueur qui passait chaque semaine. Mais là, maintenant, on aurait dit que mille éboueurs travaillaient en même temps. Thomas ouvrit la fenêtre. Il vit que les grenouilles se rassemblaient devant la maison. Elles s'entassèrent en grimpant les unes sur les autres jusqu'à faire disparaître la porte d'entrée. Puis elles s'élevèrent de plus en plus haut contre le mur de la maison. Thomas n'avait encore jamais vu un tel amoncellement de grenouilles. Essayaient-elles de forcer la porte en utilisant leur poids ? « Maman, ce n'est pas moi, pensa Thomas, inquiet. Je n'ai rien à voir avec cette histoire. »

Il se glissa hors de sa chambre et descendit l'escalier sur la pointe des pieds. Il regarda la porte d'entrée tout en bas. On entendait une sorte de tambourinement comme si des milliards de doigts tapotaient en même temps. Thomas pensa: «La porte peut s'effondrer à tout moment.» Il ne savait pas ce qu'il devait faire.

Il descendit lentement l'escalier. Quand il arriva à mi-chemin, il sentit flotter une odeur d'eau croupie. La porte d'entrée tremblait sur ses gonds. Thomas prit peur. Il fit demi-tour et remonta les marches en courant. «Il faut que Maman me croie, se dit-il. Mais bien sûr elle ne le fera pas. Et Papa non plus.» Il alla s'asseoir en haut de l'escalier. Il était désespéré. C'était évidemment sa faute si un trillion de grenouilles voulaient entrer dans la maison. Qui d'autre pourrait être responsable sinon lui? Thomas était dans l'embarras. Sa mère ne voulait plus entendre parler des plaies d'Égypte, parce qu'elles n'amenaient que des ennuis à la maison. Et son père croyait qu'il se moquait de Dieu. Thomas ne savait plus à quel saint se vouer. Comment Rémi, le héros de *Sans famille,* aurait-il résolu ce problème? Soudain, Thomas trouva la solution. Il devait aller discuter avec les grenouilles.

Il descendit de nouveau l'escalier mais, quand il sentit l'odeur de l'eau croupie, il se demanda comment on s'y prenait pour communiquer avec des grenouilles.

Il trouva lui-même la réponse à sa question. « En leur parlant, tout simplement, se dit-il. Rémi parle bien à ses animaux. Alors, pourquoi ne pas le faire avec les grenouilles ? Elles ne sont pas plus idiotes. »

Quand il arriva en bas, il posa la main contre la porte d'entrée. Il sentit qu'elle tremblait et il l'entendit gémir sous la poussée des grenouilles. « Ces bestioles sont gentilles, pensa Thomas. Elles sont venues pour nous aider, Maman et moi. L'intention est bonne, mais Dieu a endurci le cœur du pharaon. »

Le garçon s'agenouilla et essaya d'entrouvrir la boîte aux lettres. Ce n'était pas facile avec toutes ces grenouilles agglutinées. Il poussa et poussa encore jusqu'à ce qu'il réussisse à dégager une petite fente. Aussitôt, dix pattes se glissèrent dans l'ouverture. On se serait cru dans une histoire d'horreur. Mais, comme Thomas n'aimait pas ce genre d'histoire, ce n'était pas possible. Dans la maison de son grand-père, il y avait un exemplaire des *Contes* de Grimm. Thomas évitait toujours le récit intitulé *Histoire d'un individu qui voyageait pour apprendre à frissonner*, car l'ambiance chez son grand-père était suffisamment inquiétante lorsque celui-ci enlevait son dentier.

C'était affreux! Pourtant, le vieil homme était très gentil. Il croyait en Dieu, mais ce n'était pas dangereux. Il ne frappait jamais personne. Quand il était fâché, il s'écriait: «La tête-de-loup! La tête-de-loup!» sans que Thomas comprenne pourquoi.

– Bonjour, dit Thomas d'une voix douce à travers la boîte aux lettres.

Il ne voulait pas réveiller ses parents.

– Bonjour, je m'appelle Thomas.

Aucune grenouille ne semblait l'avoir entendu. Les pattes continuaient de s'agiter et les coassements de retentir. Pourtant, les cris s'estompèrent peu à peu et ne résonnèrent bientôt plus que dans le lointain. Les grenouilles des premiers rangs s'étaient tues.

– Chères grenouilles, dit Thomas. Merci beaucoup d'être venues. Mais vous ne pouvez pas entrer ici, car ma mère n'est pas d'accord. Et *Ce que femme veut, Dieu le veut*. Vous connaissez? C'est une émission de radio. Je l'écoute les jours où je reste à la maison quand je fais semblant d'être malade. Alors, retournez dans vos fossés et vos canaux. Encore merci pour les services rendus.

Thomas aimait utiliser certains mots, surtout ceux qu'il ne comprenait pas.

Le silence régnait maintenant partout. Soudain, le bruit de crécelle reprit de plus belle. D'abord, près de porte d'entrée, puis il se propagea de plus en plus loin. Il y avait de la tension dans l'air et Thomas craignait que les grenouilles n'aient pas compris son message. Mais les pattes se retirèrent de la fente de la boîte aux lettres. Les coassements faiblirent. On aurait dit des grognements humains. Le calme revint peu à peu. Thomas attendit et attendit encore. Les grenouilles avaient cessé de tambouriner contre la porte, qui ne tremblait plus. Thomas entrouvrit la boîte aux lettres et jeta un coup d'œil au-dehors. Les grenouilles faisaient demi-tour !

– Thomas ! s'écria Margot. Thomas, que fais-tu là ?

Il leva les yeux. Sa sœur se tenait en chemise de nuit en haut de l'escalier.

– Chhhhhht ! siffla-t-il.

Il remonta les marches en vitesse sans faire de bruit.

– Que faisais-tu là ? demanda Margot.

– Il y avait des grenouilles, dit Thomas, mais Maman ne veut plus entendre parler de ça.

– De quoi ne veut-elle plus entendre parler ? demanda Margot.

– Des plaies d'Égypte, répondit Thomas.

Margot le regarda pendant un long moment.

– Thomas, dit-elle enfin.

– Oui ?

– Combien de grenouilles y avait-il ?

– Des millions.

– Vraiment ? Et tu les as vues ?

– De mes propres yeux, répondit Thomas.

Margot secoua doucement la tête.

– Thomas, dit-elle. Tu ne dois pas toujours croire ce que voient tes yeux.

Thomas haussa les épaules.

– Tu ne dois pas perdre la tête, dit Margot. Ni devenir fou.

– Non, dit Thomas.

– Thomas ?

– Oui ?

– Tu sais ce qu'Eliza m'a dit récemment ?

Thomas rougit et fit non de la tête.

– Que j'avais un chouette petit frère. Voilà ce qu'elle a dit.

– Ah ! fit Thomas.

Il tourna les yeux vers le portemanteau. Les vêtements accrochés étaient toujours suspendus.

– Tu sais quoi, Thomas, dit Margot. Eliza a raison.

Thomas examina rapidement le visage de sa sœur. Elle n'était peut-être pas aussi bête qu'il l'avait toujours cru.

Tous deux s'installèrent sur la plus haute marche. Thomas ne se rappelait pas s'être jamais retrouvé assis à côté de Margot à cet endroit-là. C'était une sensation étrange.

– Sais-tu ce que *se couvrir de déshonneur* veut dire ? demanda Thomas.

Margot le regarda.

– *Se couvrir de déshonneur ?* C'est quand on perd son honneur. Euh… euh… je n'arrive pas à trouver d'exemple.

– Ce n'est rien, dit Thomas. Mais, qu'est-ce que c'est, l'honneur ?

– Attends, dit Margot. J'ai trouvé. C'est quand on a perdu sa dignité.

Thomas soupira. Et qu'est-ce que ça voulait dire, *perdre sa dignité ?*

Il glissa sa main sous sa chemise et défit l'épingle de sûreté. Il sortit la lettre de Mme Van Amersfoort, la déplia et lut : *Un homme qui bat sa femme se couvre de déshonneur.*

– Laisse-moi voir, dit Margot.

Elle lut la phrase en silence.

– Qui t'a donné ça ? C'est teeeeellement vrai !

– Je ne peux pas le dire, répondit Thomas. C'est un secret.

Margot inclina la tête et écouta le silence.

– Il faut que Papa lise cette phrase, murmura-t-elle.

– Et s'il se fâche ? dit Thomas.

– Il faut qu'il la lise, dit Margot en rendant la lettre à son frère. Il le faut vraiment.

– Pas tout de suite, dit Thomas.

Et il remit la lettre à sa place sous sa chemise.

– À propos, dit le père le soir en découpant la viande. J'allais oublier mais, ce matin, en sortant de la maison, il y avait une grenouille sur le seuil de la porte. La pauvre bête, qui se tenait dans un coin, était tellement effrayée qu'elle se cachait les yeux avec ses pattes.

Margot s'étrangla en avalant sa salade. La mère jeta un regard en direction de Thomas, mais celui-ci fit semblant de ne rien voir. La maman avait le nez rouge et gonflé. Un morceau d'ouate était enfoncé dans sa narine gauche.

– Moi aussi, il m'est arrivé quelque chose de

bizarre, dit Margot quand elle eut fini de tousser. J'ai été mise à la porte du cours de néerlandais.

– Hein?! s'écria le père en sursautant. Comment est-ce possible?

– C'est comme ça, répliqua Margot. M. De Rijp a dit que j'étais une *je-sais-tout* et j'ai dû quitter la classe.

– Qu'est-ce que c'est, un *je-sais-tout*? demanda Thomas.

– C'est quelqu'un qui croit qu'il sait tout mieux que les autres, expliqua le père. Et c'est très agaçant.

«Moi aussi, il y a une chose que je sais mieux que les autres, pensa Thomas. Par exemple, que mes parents vont me donner à un vieux musicien qui s'appelle Vitalis, comme dans *Sans famille*. Que ce vieux musicien a des chiens et un singe avec un drôle de nom. Puis qu'il va mourir en chemin et que je me retrouverai seul sur terre. Avec Eliza.»

– Mais qu'est-ce que tu as dit pour être mise dehors? demanda le père à Margot.

Il était visiblement inquiet.

– J'ai dit que je n'avais pas envie de lire les faux livres inscrits sur ma liste, dit Margot. J'ai ajouté que la lecture de la Bible me suffisait.

Le silence qui s'ensuivit fut tel que Thomas émergea de ses pensées. Il aperçut ainsi le visage tout rouge de son père.

« Doux Jésus ! » pensa-t-il, mais le Seigneur ne se montra pas.

– Margot, commença le père d'une voix nerveuse, écoute bien ce que je vais te dire. Tu n'as rien compris. Les livres que tu dois lire pour l'école contiennent les pensées des personnes qui les ont écrits. La Bible, elle, ne contient pas des pensées, mais des vérités. Parce que la Bible est la parole de Dieu. C'est ça que j'ai voulu dire. Mais cela ne t'autorise pas pour autant à être insolente vis-à-vis de ton professeur.

– Je n'ai fait que répéter ce que vous m'avez enseigné, répondit Margot d'un air innocent.

Puis elle mâcha sa viande avec entrain.

– C'est délicieux, Maman, dit-elle.

Sa mère la regarda et sourit.

– Demain… s'exclama le père. Demain…

Il s'étrangla.

– Demain, reprit-il, tu iras trouver M. De Rijp et tu lui présenteras tes excuses.

– D'accord, P'pa, dit Margot sans lui adresser un regard. Je m'occupe de tes cheveux tout à l'heure, Maman ?

– Comment est-ce possible? s'exclama le père. Où va le monde? Margot, tu liras tous les livres qu'on te dira de lire. Tu m'as compris?

– Oui, P'pa, répondit-elle. Maman, tu veux que je te fasse une tresse?

– D'accord, Margot, dit la mère.

– Tu connais *Sans Famille?* demanda Thomas à son père. C'est l'histoire d'un garçon qui se retrouve tout seul sur terre.

Mais son père ne l'entendit pas. Furieux, il écrasait ses pommes de terre dans son assiette.

– C'est une histoire triste, continua Thomas. Mais aussi passionnante.

Il sentit la main de sa mère se poser sur sa tête.

– Mange, Thomas, dit-elle.

Quand elle disait cela, il savait qu'il ferait mieux de se taire pendant un moment.

– Pourquoi ne dis-tu rien? demanda le père à sa femme. C'est aussi ta fille, non?

La mère le regarda.

– Oh! dit-elle. Tu parles tellement mieux que moi.

Un silence glacial s'installa de nouveau.

«Un je-sais-tout, pensa Thomas. Voilà un chouette mot. Il faut absolument que je le retienne.»

– Où as-tu trouvé ce livre ? demanda soudain le père.

– Quel livre ? demanda Thomas.

– *Sans famille,* soupira le père avec impatience.

Thomas se raidit de peur.

– C'est moi qui le lui ai donné, dit Margot d'un air détaché.

Ébahi, Thomas regarda sa sœur.

– Ah ! fit le père, qui semblait se méfier. Et toi, qui te l'a donné ?

– C'est saint Nicolas qui me l'a apporté il y a plusieurs années, répondit Margot.

Le père se pencha vers son assiette.

« Ouf ! il mange », pensa Thomas, soulagé.

Le père lut la troisième plaie : tous les grains de poussière de la terre se transformèrent en moustiques. Tout le monde fut piqué. La terre entière se grattait. Mais comme Thomas savait que sa mère ne voulait plus entendre parler des plaies d'Égypte, celle-ci ne l'intéressait pas. Il faudrait trouver un autre plan pour transformer le cœur du pharaon. Malheureusement, Thomas n'en connaissait aucun.

Le père referma la Bible.

– Prions ensemble, dit-il.

Il joignit les mains et ferma les yeux.

– Dieu notre Père…

– Écoute cela, Thomas, entendit le garçon.

C'était le Seigneur Jésus. Il était debout en train de crier dans le désert.

– Pour moi non plus, tu sais, ça n'a pas été très facile avec mon père.

– Ah non ? dit Thomas.

– Non, répondit Jésus. Il était fort sévère. J'ai dû accepter d'être crucifié, que ça me plaise ou pas.

– Ah bon ! dit Thomas. Ça n'a pas dû être très agréable pour Vous.

– Non, dit Jésus. C'est arrivé une fois, mais ça ne se reproduira plus. Et maintenant, pour couronner le tout, je L'ai perdu.

– Qui ? demanda Thomas.

– Dieu le Père, répondit Jésus. J'ai retourné tout le ciel et je ne L'ai trouvé nulle part. C'est très étrange. Il a disparu après que tu as reçu ta dernière raclée. C'en était trop pour Lui, je crois.

– Vraiment ? demanda Thomas.

– Je pense qu'Il t'aime beaucoup, Thomas, et qu'Il ne pouvait plus supporter de te voir maltraité. C'est mon avis.

– Au nom de Jésus-Christ notre Seigneur, amen, dit le père.

– Au revoir, Jésus, murmura Thomas.

C'est à ce moment qu'on sonna à la porte.

7

Tante Pie monta l'escalier en courant. Thomas l'attendait debout en haut des marches. On aurait dit que le soleil déboulait dans la maison. En même temps que tante Pie, une bouffée de chaleur s'engouffra dans le couloir glacé.

– Salut, mon garçon, dit tante Pie.

Elle portait un grand chapeau fixé à ses cheveux par une épingle. Elle embrassa donc Thomas sans se découvrir.

– Bonjour, tante Pie, dit Thomas.

Il aimait bien quand elle venait à la maison. Mais, cette fois, c'était différent. Tante Pie n'avait pas l'air de bonne humeur. Son visage était couvert de taches rouges.

– Tu es toujours aussi beau garçon, dit-elle à Thomas.

Sa voix sonnait faux. On aurait dit qu'elle avait pleuré. Elle poursuivit son chemin et surgit dans la salle de séjour, le chapeau flottant sur sa tête. Elle se dirigea vers la table, posa ses mains sur ses hanches et s'exclama :

– Benno m'a battue !

La terre commença à trembler et le ciel se retint de respirer. Les oiseaux dans les arbres se turent et le vent cessa de souffler. Les cloches de l'église se mirent spontanément à sonner et les trams freinèrent dans des grincements de roues. Oncle Benno avait frappé tante Pie ! La stupéfaction dans le pays était grande.

– Et vous savez pourquoi ? hurla tante Pie. Parce que j'ai acheté un pantalon pour femmes ! Il m'a frappée parce que j'ai mis un pantalon ! Il a complètement perdu la tête ou quoi ?

La mère, Margot, Thomas et le père regardèrent tante Pie comme s'il s'agissait d'un fantôme. Le père était devenu tout pâle.

– Margot et Thomas, dit-il enfin, allez dans votre chambre. Tante Pie et moi devons parler.

– Mais non ! s'exclama tante Pie. Il n'y a rien à cacher. Les enfants peuvent rester.

Son regard passa de Margot à Thomas puis inversement.

– Margot et Thomas, votre oncle Ben a frappé votre tante parce qu'elle portait un pantalon. Voilà ce qui s'est passé.

– Viens t'asseoir, Pie, dit la mère.

Elle se leva et rapprocha une chaise. Tante Pie s'installa.

– Et je trouve que toi, dit tante Pie en pointant le doigt vers le père, tu dois lui parler. Tu es son frère aîné et tu dois lui dire que ça ne se fait pas de frapper sa femme. Sinon, je vais m'installer devant la maison avec un écriteau sur lequel sera écrit: *M. Klopper bat sa femme parce qu'elle porte un pantalon.* Voilà ce que je ferai.

– Du calme, Pie, dit le père d'une voix tremblante. C'est un fait établi que l'homme est le chef de la famille…

– Mais ce n'est pas une raison pour frapper! s'écria tante Pie.

– Écoute-moi, Pie, dit le père avec fermeté. Laisse-moi terminer ma phrase. L'homme a comme mission de guider et d'instruire sa femme et ses enfants. Et s'ils refusent de lui obéir, il n'a pas d'autre choix que…

– De frapper? hurla tante Pie.

– … d'intervenir fermement, termina le père.

Dieu en a décidé ainsi. C'est aussi Dieu qui a voulu que les femmes portent des robes et les hommes des pantalons.

Tante Pie ricana d'un rire mauvais.

– C'est ridicule ! s'exclama-t-elle.

Le père éleva la voix :

– Et si tu t'obstines à t'opposer aux commandements de Dieu, ton mari a le droit, et même le devoir, de te faire obéir en utilisant la force s'il le faut.

Tante Pie fixa le père d'un air moqueur.

– Ah, vraiment ? dit-elle d'une voix doucereuse.

Elle ouvrit son sac à main et en sortit un paquet de cigarettes. Elle prit une cigarette et l'alluma. Puis elle envoya un nuage de fumée vers le lustre.

– D'accord, dit-elle. Je ne peux visiblement rien attendre de toi. Mais je te préviens : si Benno me frappe encore une seule fois, je m'en irai et il ne me reverra plus jamais. Et, à partir d'aujourd'hui, je ne porterai plus que des pantalons !

Elle leva au-dessus de la table une jambe moulée dans un pantalon rose. Elle fit un clin d'œil à Thomas.

– Qu'en penses-tu, mon chéri ?

Thomas tourna aussitôt la tête vers son père.

«Je n'ai rien à voir avec cette histoire», pensa-t-il.

– Et toi, qu'est-ce qui est donc arrivé à ton nez ? demanda tante Pie à la mère. J'espère que tu ne t'es pas opposée aux commandements de Dieu ?

– Mais non, voyons, répondit la mère avec embarras.

Ses yeux se posèrent sur la nappe parsemée de taches de jus.

– C'était pour rire, dit tante Pie. Mais pourquoi ton nez est-il si gonflé ?

– Oh ! ce n'est rien, dit la mère. Je me suis cognée.

– Contre l'aquarium, intervint Margot. Hein, P'pa ?

Thomas sentit son ventre se nouer.

« Tais-toi, Margot. Ne le provoque pas. »

Tante Pie envoyait des nuages de fumée vers le plafond.

– Bien sûr, dit-elle. Un aquarium comme celui-là peut faire très mal. Il m'arrive d'ailleurs régulièrement de heurter les aquariums, surtout avec le nez.

– Que diriez-vous d'une tasse de café ? demanda la mère, crispée.

– Pas pour moi, dit tante Pie.

Puis elle regarda le père d'un air mauvais.

– Je viens tout à coup de comprendre que tu étais aussi lâche que ton frère, dit-elle.

– Pie, dit la mère. Tu te trompes…

Tante Pie écrasa sa cigarette dans l'assiette du père.

– Le devoir m'appelle, dit-elle. Il faut que je rentre auprès de mon dévot de mari à la main leste. Mais je vais lui apprendre. Je me débrouillerai toute seule !

Elle se pencha vers l'avant et embrassa la mère, puis Margot et enfin Thomas.

– On ne se laissera pas marcher sur les pieds, hein ? leur dit-elle.

Puis elle sortit de la salle de séjour, le chapeau flottant toujours sur sa tête, et descendit l'escalier d'un pas léger.

À table, personne n'osait parler ni se regarder. Thomas pouvait encore sentir la présence de tante Pie. Son odeur et son parfum flottaient toujours dans l'air.

– N'as-tu pas des devoirs, Margot ? demanda le père.

Sa voix résonnait comme un seau vide.

– Oui, P'pa, mais je dois d'abord m'occuper des cheveux de Maman, répondit la fille.

– Ah bon ! dit le père en se levant. Je vous laisse car j'ai encore du travail.

Il se retira dans la petite pièce qui lui servait de bureau.

– Comment as-tu trouvé ces grenouilles ? demanda Mme Van Amersfoort.

Thomas la regarda avec étonnement. Il était assis sur le siège aux pieds en forme de patte de lion. Un chat noir frottait sa tête contre ses jambes.

– Très bien, dit-il, mais Maman ne veut pas en entendre parler.

– Je peux comprendre, dit Mme Van Amersfoort. C'était surtout pour rire. En réalité, je ne trouve pas cette plaie très commode.

Thomas avala une gorgée de grenadine pour se remettre de sa frayeur. Mme Van Amersfoort était une puissante sorcière. Beaucoup plus puissante qu'il ne l'avait d'abord cru.

– Écoute ceci, Thomas, dit-elle. C'est amusant.

Un livre était ouvert sur ses genoux.

– Tu as un aquarium à la maison ? demanda-t-elle.

Thomas acquiesça. Mme Van Amersfoort savait décidément tout.

– Écoute, dit-elle.

Puis elle chaussa ses lunettes et commença à lire.

Tous les samedis
Eh oui eh oui
Monsieur Mouillé
Se lavait les pieds
Dans son aquarium.
Il barbotait en fredonnant
Toujours le même chant.
Drôle de bo, drôle de bobo, drôle de bonhomme !

Quand elle eut terminé sa lecture, Mme Van Amersfoort regarda Thomas en quête d'une réaction.

– Et alors ? Qu'est-ce que tu en penses ?

– C'est drôle, répondit Thomas d'un air sérieux.

– Je trouve cette Annie M. G. Schmidt* vraiment formidable, dit Mme Van Amersfoort. Elle écrit pour un journal, *Het Parool.*

– Ah ! fit Thomas. Mais qu'est-ce que ça veut dire, ce poème ?

* Annie M. G. Schmidt (1911-1995) est un auteur extrêmement populaire aux Pays-Bas. Ses livres pour la jeunesse, parmi lesquels *Jip en Janneke, Pluk Van de Petteflet* ou *Minoes,* sont de vrais classiques.

– Ce que tu veux, répondit Mme Van Amersfoort. C'est juste pour le plaisir.

– Ah bon ! dit Thomas.

Il réfléchit. C'était donc juste pour le plaisir.

– Le plus souvent, la musique non plus ne veut rien dire, dit Mme Van Amersfoort. C'est tout simplement beau.

– Oui, oui, dit Thomas. Simplement beau. Je vois ce que vous voulez dire.

– La forêt et la mer non plus ne veulent rien dire, dit Mme Van Amersfoort. La forêt, c'est la forêt et la mer, c'est la mer. On peut juste en profiter.

– Oui, oui, dit Thomas. En profiter.

Il pensa à la plage et à la mer. À la construction de châteaux de sable pour vaincre la marée. À la pêche aux crevettes avec une épuisette.

– On va parfois passer la journée à Zandvoort.

– Et ça te plaît ?

– Beaucoup, soupira Thomas.

– Et qu'est-ce que ça veut dire, Zandvoort ? demanda-t-elle.

Thomas éclata de rire. Il avait compris.

– Rien, dit-il. C'est bien, tout simplement.

Le chat sauta sur les genoux de Thomas. L'animal était chaud et doux. Son corps tremblait en ronronnant. Chez Mme Van Amersfoort, on était bien, tout simplement, même si son mari était mort fusillé.

– Tu serais d'accord de me faire plaisir? demanda-t-elle.

– Bien sûr, répondit Thomas.

– Tu veux bien lire à voix haute pour moi? Ici.

Mme Van Amersfoort posa le livre d'Annie M. G. Schmidt sur le chat.

– Commence au début.

Thomas se sentit rougir. En classe, il devait souvent lire à voix haute, mais il ne l'avait encore jamais fait chez quelqu'un. C'était une impression étrange. Il ouvrit le livre et se lança.

D'abord, il trébucha sur quelques mots. Mais cela s'arrangea en cours de lecture. Parfois, Mme Van Amersfoort riait. Thomas ne savait pas pourquoi. Il était trop occupé à lire.

Ce qui arriva ensuite fut miraculeux. Thomas ne lisait pourtant que des vers pour enfants! Comment se faisait-il qu'une adulte rie en entendant cela? Thomas levait de temps en temps les yeux de son livre, afin d'observer le visage de Mme Van Amersfoort. Quand elle riait, des rides rigolotes s'étiraient depuis sa bouche jusqu'à ses oreilles. Sa tête opinait comme si elle disait oui ! oui ! oui ! Et deux nattes garnies de nœuds encadrèrent peu à peu son visage.

Pendant un moment, Thomas ne comprit rien à ce qu'il voyait, mais ça ne dura pas. Mme Van Amersfoort n'était plus une vieille dame, mais une vieille petite fille. Peut-être allait-elle bientôt bondir de sa chaise pour attraper sa corde à sauter.

Thomas continua sa lecture. Mme Van Amersfoort était une sorcière, mais maintenant c'était elle qui semblait ensorcelée. Thomas éprouva une agréable sensation. Il ne voulait plus jamais s'arrêter de lire, plus jamais.

– C'était très bien, dit Mme Van Amersfoort quand Thomas eut terminé de lire cinq poèmes. Mais il est temps que je me repose un peu. Tu sais, mon mari me faisait toujours la lecture à voix haute. J'adorais ça.

Les nattes avaient disparu, ainsi que les nœuds. Mme Van Amersfoort avait retrouvé son chignon de cheveux gris.

– Je crois que je vais créer un club de lecture à voix haute, dit Thomas.

– Bonne idée, dit Mme Van Amersfoort.

– Après chaque lecture, il y aura une pause musicale, continua Thomas. Il faudra aussi établir un programme pour que les gens sachent ce qui les attend. Par exemple :

1) Psaume XXII, lu par Thomas Klopper, car je le connais par cœur.

2) Musique assurée par le gramophone portable de Mme Van Amersfoort.

3) Premier chapitre d'*Émile et les détectives,* lu par Thomas Klopper.

4) Musique assurée par le gramophone portable de Mme Van Amersfoort.

5) …

– Très bien, l'interrompit Mme Van Amersfoort. Mais comment se fait-il que tu connaisses ce psaume par cœur ?

– Chaque lundi, nous devons en apprendre un par cœur pour l'école, dit Thomas.

– Tu veux bien le réciter ? demanda Mme Van Amersfoort.

Thomas repoussa gentiment le chat de ses genoux, se leva et commença :

(AVERTISSEMENT AU LECTEUR : tu n'es pas obligé de lire les vers que Thomas s'apprête à déclamer. Ils sont absolument illisibles !)

«Mon Dieu! mon Dieu! Pourquoi m'as-Tu abandonné?
Pourquoi n'entends-Tu pas mes pleurs désespérés?
Je lutte, je souffre, j'implore, je geins et je gémis
Mais Tu restes sourd à mes angoisses et à mes cris.
Le jour, j'appelle mais Tu ne réponds pas
Et la nuit, j'endure mille maux.
Jamais mon âme ne connaîtra le repos.»

– Eh bien, dis donc! s'exclama Mme Van Amersfoort. Bravo! Et tellement joyeux pour des enfants, tu ne trouves pas?

Thomas retourna s'asseoir.

– Euh... oui, dit-il. Mais c'est très difficile à apprendre par cœur.

– Moi, j'en serais incapable, dit Mme Van Amersfoort. Mais bon! Donc, tu vas créer un club de lecture et tu as déjà un programme. Et où vas-tu faire ça?

– Où? demanda Thomas, étonné.

– Mais oui, dit Mme Van Amersfoort. Un club a besoin d'un lieu où se réunir. Où vas-tu aller?

Thomas se sentit soudain embarrassé. Il avait bien une idée, mais il n'osait pas la dire.

– Je sais ce qu'on va faire, dit Mme Van Amersfoort. On va organiser les rencontres ici, mais il faudra modifier un peu le programme. Toi, tu liras les poèmes d'Annie M. G. Schmidt et moi, je m'occuperai du public.

– D'accord, dit Thomas.

– Emporte le livre, dit Mme Van Amersfoort. Comme ça, tu pourras t'exercer.

Thomas rentra chez lui et lut jusqu'à ce que sa vue se brouille.

8

C'était un jour venteux et très pluvieux. Une journée qui bouleverserait le monde. Désormais, les trams hurleraient en tournant au coin des rues. Les gens déambulaient en ronchonnant, indifférents les uns aux autres.

« Cela ressemblait à un jour ordinaire, écrivit Thomas dans *Le livre qui dit tout.* Mais c'était parce que je n'avais pas été assez attentif. J'aurais pu le deviner, car mes oreilles ont commencé à siffler dès mon réveil. La fenêtre de ma chambre claquait, ce qui m'empêchait de penser. Et je n'arrivais pas à mettre la main sur mes chaussettes. »

Pourtant, il s'était aussi passé des choses agréables ce jour-là. Quand Thomas rentra de l'école, il aperçut Eliza sortir de chez Mme Van Amersfoort. Cela le surprit, car il ne l'avait jamais vue là-bas auparavant.

Eliza s'avança vers lui, crac-crac, et elle tendit les bras.

– Approche, mon ami préféré, dit-elle.

Elle l'enlaça et le serra fort contre sa poitrine. Thomas trouva ça délicieux. Il avait l'impression que sa tête reposait sur un coussin moelleux. Il leva les yeux vers elle. Eliza avait mis du rouge à lèvres. Quand elle lui sourit, il crut qu'il allait mourir sur place. « Et cela ne m'aurait pas dérangé, écrivit-il dans *Le livre qui dit tout.* Heureusement, elle m'a retenu longtemps dans ses bras et je me suis dit : "Les filles sont formidables." Je n'oublierai jamais ce moment-là, car je n'oublie jamais rien. J'écris tout. Ceci aussi : Peut-être Eliza n'arrive-t-elle pas à trouver de petit ami à cause de sa jambe en cuir et de sa main handicapée. Peut-être attendra-t-elle que je grandisse un peu. Voilà ma chance. »

– D'après Mme Van Amersfoort, tu fais très bien la lecture, dit Eliza. Je suis curieuse d'entendre ça.

Puis elle se détacha de Thomas. En se retirant, elle laissa un terrible vide.

– Je t'attendrai jusqu'à la fin des temps, murmura Thomas.

Mais il cessa d'attendre dès qu'Eliza tourna le coin de la rue. Ses oreilles se mirent à siffler.

Il sonna à la porte de chez lui et sa mère vint lui ouvrir.

– Bonjour, M'man, dit-il.

– Bonjour, mon petit roi rêveur, dit la mère.

Son nez allait beaucoup mieux. L'ouate avait disparu. En réalité, il n'était pas un petit roi rêveur, mais plutôt un penseur. Pourtant, sa mère l'appelait comme ça de bonne foi.

– Mme Van Amersfoort m'a annoncé que tu avais créé un club de lecture, dit la mère. C'est très bien.

Le monde entier semblait au courant.

– Oui, dit Thomas, mais je dois m'exercer.

Il monta l'escalier.

– Tu n'as pas soif? demanda sa mère.

– Non, merci, répondit Thomas en fermant la porte de sa chambre.

Toutefois, il ne s'exerça pas. Il alla s'asseoir devant la fenêtre pour réfléchir. Comme elle battait à cause du vent, les réflexions de Thomas étaient chaotiques. C'est alors qu'il se dit: «Je suis un froussard, car j'ai peur.»

Puis il resta un moment sans penser. Il écoutait le claquement de la fenêtre.

«Je n'aime pas les froussards, pensa-t-il, mais j'en suis un.»

Il déboutonna sa chemise et détacha la lettre de Mme Van Amersfoort. Chaque jour en changeant de chemise, il avait pris soin de l'y épingler. Il la déplia, la lut et lâcha un profond soupir. Le monde retenait sa respiration. Thomas allait-il oser le faire ? Le monde se posait la question. Il attendait la réponse avec impatience.

« Mon Père, s'il est possible, que cette coupe passe loin de moi ! » pensa-t-il.

Il ne savait pas ce que ces mots signifiaient, mais Jésus les avait prononcés quand il avait su qu'Il devait mourir. C'étaient de belles paroles et Thomas en eut les larmes aux yeux.

« Ne pas avoir peur », pensa Thomas.

Il se leva en tenant la lettre dans sa main. Puis il descendit l'escalier

Quand ils eurent fini de manger, le père ouvrit la Bible. La gorge de Thomas se serra.

– Qu'est-ce que c'est ? demanda le père.

Il y avait une feuille de papier glissée dans la Bible, posée sur les plaies d'Égypte.

Le père la lut, puis il la retourna. Le verso était vierge.

– Bien, dit-il.

Il était devenu livide.

Tout le monde se taisait, sauf Margot, qui fredonnait une chanson à la mode.

– Voilà, dit le père. Je vais vous lire ce qui est écrit.

Il s'éclaircit la voix. Il avait l'air calme, mais ses doigts tremblaient.

– Un homme qui bat sa femme se couvre de déshonneur, lut-il.

Il posa la lettre sur la table, à côté de la Bible, et lissa la feuille de papier.

– Je suis tout à fait d'accord avec ça, dit-il, mais il manque quelque chose. Un homme qui bat sa femme *sans raison* se couvre de déshonneur. Voilà ce qui devrait être écrit.

– Tralalala, tralalala, bam, bam, chantonnait Margot.

– Pourrais-tu couper le son ? demanda le père.

– Oui, P'pa. Désolé, dit Margot.

– Mais bon, dit le père, la lettre en elle-même n'a pas beaucoup d'importance. Ce qui compte, c'est de savoir pourquoi elle se trouvait dans la Bible et qui l'y a glissée. Il semblerait que quelqu'un essaie de nous dresser les uns contre les autres. Quelqu'un qui veut détourner notre famille de Dieu et de ses lois. Du reste, c'est tout à fait en accord avec l'époque.

Le père regarda d'abord la mère, puis Margot, et enfin Thomas.

– La question est donc : qui a glissé cette lettre dans la Bible ?

Il prit la feuille entre le pouce et l'index, et l'agita.

On aurait dit que toute vie avait cessé de battre sur terre. Il régnait un tel silence que les morts se réveillèrent dans les cimetières. Ils tendirent l'oreille, mais n'entendirent rien.

– Personne ? demanda le père.

Il tapotait sur la table avec ses doigts.

– Quelqu'un à cette table ment. Je ne sais pas qui, mais rien n'échappe à l'œil de Dieu. Demandons-Lui de nous aider.

Il joignit les mains au-dessus de la Bible et ferma les yeux.

– Dieu tout-puissant, commença-t-il. Vois notre détresse. Aide notre famille à être forte en ces temps remplis de tentations…

Thomas ferma les yeux. Le ciel devint bleu vif et le sable chaud tourbillonna autour de ses oreilles.

– Jésus ? demanda-t-il.

Mais Jésus restait invisible.

– Je suis ici, dit-il enfin.

– Où ? demanda Thomas. Je ne Vous vois pas.

– Évidemment, dit Jésus. Tu as les yeux fermés.

Thomas les ouvrit. Jésus était dans la pièce, debout devant la cheminée décorée de geckos en cuivre. Il regardait l'homme en train de prier.

– C'est lui ? demanda Jésus.

– Oui, répondit Thomas.

– Je crois qu'il fait ça de bonne foi, dit Jésus. Mais il a peur. Si tu veux mon avis, c'est un froussard.

– Je sais, dit Thomas.

– Il se cache derrière le large dos de Dieu comme un enfant apeuré, dit Jésus.

« Comment peut-on se cacher derrière le dos de quelqu'un qui n'est plus là ? » se demanda Thomas avant d'ajouter :

– Il faut que je Vous dise quelque chose.

– Vas-y, je t'écoute, dit Jésus.

– Dieu le Père n'est pas parti comme ça, tout simplement, dit Thomas. Il est mort. Je préfère être franc avec Vous.

Jésus n'en crut pas ses oreilles. Pendant un moment, Il fut incapable de prononcer le moindre mot.

– Tu parles sérieusement ? s'écria-t-Il au bout d'un moment.

Thomas acquiesça. Il trouvait ça triste pour le Seigneur Jésus, mais il fallait dire la vérité.

– Et comment est-ce arrivé ? s'exclama Jésus.

– Les coups l'ont chassé hors de moi, dit Thomas. Alors il est mort, car il ne pouvait pas se passer de moi.

Tout cela fit réfléchir Jésus. Il hocha la tête et sourit tristement. C'était bien sûr comme ça que les choses s'étaient passées. Sans Thomas, rien ne pouvait exister.

– Nous vous le demandons au nom de notre Seigneur Jésus-Christ, amen, dit le père.

Jésus salua Thomas de la main et disparut. Thomas le salua en retour.

– Qu'est-ce que tu fais ? demanda le père.

– J'agitais la main, répondit Thomas.

– Pourquoi ?

– J'ai vu Jésus, dit Thomas.

Margot ricana et la mère, effrayée, posa une main sur l'épaule de Thomas.

Le père devint tout rouge. Son poing s'abattit violemment sur la Bible, ce qui eut pour effet de disséminer dans l'air trois mille ans de poussière.

– Je ne peux pas tolérer ça ! hurla-t-il, le visage en feu. Je ne peux pas tolérer que l'on se moque du Rédempteur dans ma maison. Tu as compris ?

Thomas baissa la tête. Il ne s'était pas moqué. S'il y avait une chose dont il n'avait pas envie, c'était de se moquer.

– Tu as compris ? répéta le père.

– Oui, Papa, répondit Thomas.

– Maintenant, je veux savoir qui a glissé cette lettre dans la Bible.

– Moi, dit Margot.

Les autres la regardèrent, mais Margot détourna les yeux.

– Tralalala, tralalala, bam, bam, chantonnait-elle.

Le père secoua la tête.

– Je n'en crois rien, dit-il.

Margot haussa les épaules.

– Qui a écrit cette lettre ? demanda le père. Je ne connais pas l'écriture.

– Je l'ai trouvée dans la rue, dit Margot. Tralalala, tralalala, bam, bam.

– Tu mens, dit le père. Nous savons tous qui l'a écrite.

Il promena son regard sur sa femme et ses deux enfants.

Thomas frémit quand il sentit les yeux de son père se poser sur lui. Cela ne dura qu'un moment. Le regard du père glissa ensuite vers la mère.

– Pas vrai ? demanda-t-il.

– Oui, dit la mère. C'est moi qui ai écrit cette lettre.

Thomas la regarda avec stupeur et il sentit la colère monter en lui. Il était tellement furieux que sa peur se brisa en mille petits morceaux.

– C'est faux ! hurla-t-il. C'est moi qui l'ai écrite ! Moi seul !

Le père le regarda d'un air sévère.

– Tu es un menteur, Thomas, dit-il.

– Mais... ! s'écria Thomas.

– Tais-toi ! gronda le père. Je parle avec ta mère.

– C'est moi qui l'ai écrite ! MOI seul ! s'exclama Thomas en pleurant de rage. Il y a des petits trous dans la lettre. Des petits trous ! Et savez-vous pourquoi ? C'est moi qui les ai faits avec une épingle de sûreté. Celle-ci.

Thomas fouilla dans la poche de son pantalon et jeta l'épingle sur la table.

Les regards du père, de la mère et de Margot se posèrent sur l'épingle comme si leur vie en dépendait. Elle scintillait sous la lumière de la lampe.

«J'entendis l'épingle de sûreté, écrivit Thomas dans *Le livre qui dit tout.* Elle avait lancé un cri pareil à celui de quelqu'un qui hurle dans le lointain.»

Le père saisit la lettre et la souleva devant lui pour l'examiner. La feuille s'illumina à la lueur de la lampe.

– C'est vrai, grommela le père. Elle est percée de petits trous.

Il lâcha la lettre.

– Tu n'as pas menti, Thomas, poursuivit-il. Je t'ai accusé à tort. Excuse-moi. Mais quelqu'un t'a utilisé. Et ça, c'est plus important. Quelqu'un essaie de te monter contre ton père. Qui est-ce, Thomas? Qui a écrit cette lettre?

– C'est un secret, dit Thomas.

– Tante Pie?

– C'est un secret.

– Thomas? dit le père.

– Oui?

– Dis-moi qui a écrit cette lettre.

– Non, Papa.

– Thomas, va chercher la cuillère en bois, monte dans ta chambre et attends-moi.

Un vent chaud se leva, brûlant tout sur son passage. Les arbres se desséchèrent et les animaux s'enfuirent. Tout était désolé et désert. Rien ni personne ne pouvait plus vivre sur terre.

«Sauf les moustiques, bien sûr, pensa Thomas. Et la peste bubonique.»

– Il n'en est pas question, dit la mère d'une voix calme. Thomas restera assis ici pendant que tu liras la Bible.

Le père la regarda d'un air furieux.

– Je vais aller chercher la cuillère, M'man, dit Thomas.

La mère attrapa la main de son fils.

– Non, dit-elle. Mon courageux petit héros restera assis près de moi.

– Tralalala, tralalalère, que la vie est légère, chantonnait Margot.

Thomas fut effrayé par le regard glacial de sa sœur.

– Femme! dit le père. Ne me contredis pas!

– Maman, dit Thomas. Laisse-moi partir.

– Non! dit la mère en serrant la main de son fils. Tu ne mérites pas d'être puni.

– Tralalala, lalalala, il n'a pas mérité ça, chantonna Margot.

Le père se leva. Sa tête s'éleva de plus en plus haut, comme un ballon. Le plafond descendit et le salon rétrécit de plus en plus.

– Femme ! tempêta le père. Lâche cet enfant !

La mère se dressa à son tour et emmena Thomas.

– Non, dit-elle.

Sa chaise vacilla derrière elle.

Le père fit le tour de la table, attrapa l'autre bras de Thomas et le tira vers lui.

– Non, hurla la mère.

Le père la menaça en levant la main.

Personne n'avait fait attention à Margot. Soudain, elle se retrouva au milieu d'eux. Elle semblait tombée du ciel. Le couteau à viande scintillait dans sa main droite et ses yeux lançaient des éclairs. Elle bondit en pointant le couteau vers la gorge de son père. Celui-ci lâcha le bras de Thomas sans quitter le couteau des yeux.

« Elle ressemblait à un ange, écrivit Thomas dans *Le livre qui dit tout*. L'ange le plus dangereux du ciel. Un ange armé d'une épée de feu. »

– Bas les pattes ! dit Margot d'un ton hargneux. J'en ai assez. J'en ai jusque-là.

Et elle fit glisser la lame du couteau sur sa gorge.

– Margot, murmura la mère. Pose ce couteau.

Mais Margot n'écouta pas.

– Nom de Dieu, dit-elle.

Le juron fut pire que le couteau. Car c'est l'âme qu'il découpa.

– Maman et Thomas ne doivent pas avoir peur de Dieu, siffla Margot. Ils sont gentils. Toi pas.

Elle fit un geste menaçant avec le couteau avant de poursuivre :

– Ne croyez pas que je n'oserais pas, gronda-t-elle. Je vous ressemble. Moi non plus, je ne suis pas gentille.

Le père s'effondra comme un éléphant en train de mourir et s'agenouilla.

– Cette famille est maudite, gémit-il. L'époque l'a contaminée. Prions.

Et il se mit à prier à tue-tête.

– Ça m'est complètement égal, ce que vous croyez! hurla Margot. Mais je ne veux plus qu'on frappe.

L'homme sursauta en pleine prière et la regarda d'un air hagard.

– Vous savez que c'est mal, dit Margot froidement. Mais vous le faites quand même.

Elle respira un grand coup et continua :

– Du moment que les voisins ne se rendent compte de rien. Du moment que la famille ne se doute de rien. Du moment qu'au bureau personne ne l'apprenne ! Pas vrai ?

Furieux, l'homme se releva, fit demi-tour et se dirigea vers la porte. Il s'arrêta et ses yeux rougis parcoururent la pièce.

– Je ne peux plus rester sous le même toit que vous, hurla-t-il. Je vais dormir à l'hôtel.

Il ouvrit la porte d'un geste brusque et disparut dans le couloir avant de descendre l'escalier avec fracas. Puis la porte d'entrée claqua derrière lui comme un coup de tonnerre.

– Tralalala, tralalalère, chantonna Margot.

Elle reposa le couteau à viande sur la table et alla s'asseoir à sa place. Elle mit ses coudes sur la table et couvrit son visage de ses mains. La mère et Thomas restèrent debout. Deux moineaux sur l'appui de fenêtre soufflaient joyeusement dans leurs trompettes.

– Mon enfant, qu'as-tu fait? murmura la mère.

Margot baissa les mains. Elle était pâle comme un linge. Son regard était vide.

- J'ai mis fin à tout ça, dit-elle.

Et elle fondit en larmes.

La mère alla s'asseoir et secoua la tête d'un air abattu.

– Tu as menacé ton père avec un couteau, dit-elle. Qu'allons-nous devenir?

Margot la fixa droit dans les yeux.

– Tu préfères être battue ? dit-elle en sanglotant.

Puis elle se leva d'un bond et ajouta :

– Ah oui, j'allais oublier.

Elle courut vers la cuisine et revint avec la cuillère en bois. Elle la déposa sur le seuil de la porte du salon et la brisa en deux d'un coup de pied.

– Bon débarras, dit-elle.

Elle ramassa les deux morceaux et se dirigea vers la fenêtre qu'elle ouvrit aussitôt. Les moineaux s'envolèrent en trompetant.

– Non, pas par la fenêtre, dit la mère.

Trop tard, les deux morceaux de la cuillère fendaient déjà l'air.

Thomas s'avança vers Margot. Elle le prit dans ses bras et le serra contre elle.

Au bout d'une heure, le père rentra à la maison. Il monta l'escalier d'un pas furtif et se retira dans la petite pièce qui lui servait de bureau. Il fit savoir qu'il avait du travail.

9

Il y avait eu un changement de programme. Thomas ne savait pas pour quelle raison. La première réunion du club de lecture ne se tiendrait pas chez Mme Van Amersfoort.

– On se réunira chez toi, dit-elle.

Thomas sursauta.

– Mais pourquoi ? demanda-t-il, inquiet.

– On a pensé que ce serait une bonne idée, dit Mme Van Amersfoort. Ta maman, tante Pie et moi.

« Maman ? Tante Pie ? Qu'est-ce que ça voulait dire ? »

Soudain, cette histoire de lecture à voix haute ne l'amusa plus. Sa maison n'était pas faite pour y recevoir des amis. Ce n'était pas du tout un bon endroit pour organiser un club de lecture.

– Et on ne se réunira pas l'après-midi, dit Mme Van Amersfoort, mais en soirée, à dix-neuf heures.

Thomas n'avait plus envie de sa grenadine. Il déposa son verre sur la table au milieu des livres.

«Je ressentis une douleur dans le ventre, écrivit-il dans *Le livre qui dit tout*, comme si j'avais avalé un hippopotame.»

– Quand ça? demanda Thomas d'une voix grinçante comme une roue de vélo.

– Tu vas être surpris, dit Mme Van Amersfoort.

Elle le regarda d'un air espiègle par-dessus son café fumant.

– Tu veux que je te le dise? ajouta-t-elle.

Thomas acquiesça.

– Ce soir.

Thomas la dévisagea, ébahi. «Papa n'appréciera sûrement pas», pensa-t-il. Mais il garda cette réflexion pour lui.

– Ne t'inquiète pas, Thomas, dit Mme Van Amersfoort. N'aie pas peur. Tu voulais les plaies d'Égypte, non? Ce ne sera ni les grenouilles, ni les moustiques, ni la peste bubonique, mais nous, les femmes et les enfants. Et nous serons la bonne plaie. Celle contre laquelle le pharaon ne pourra rien.

– Ah! fit Thomas. Si vous le dites.

L'angoisse se glissait dans sa gorge comme une grenouille.

– Ferme les yeux, demanda Mme Van Amersfoort.

Thomas ne comprit pas tout de suite ce qu'elle voulait.

– Fermer les yeux? dit-il. Ah oui, fermer les yeux.

Et il obéit.

– Respire doucement et pose les mains sur tes genoux.

Les oreilles de Thomas se mirent à siffler et il reconnut bientôt la musique qu'il avait déjà entendue, celle avec beaucoup de violons.

– Que vois-tu maintenant?

– Rien, répondit Thomas. Mais... attendez. Voilà. Ça y est. Je vois un désert.

– Et qu'est-ce qu'il y a dans ce désert?

– Du sable, dit Thomas.

– C'est tout?

– Non, dit Thomas. Mais je ne dirai pas ce que je vois d'autre, parce que vous allez croire que je me moque de vous.

– Je ne croirai rien du tout, dit Mme Van Amersfoort. Vas-y, continue.

– Je vois Jésus, poursuivit Thomas. Vous trouvez que c'est mal de dire ça ?

– Bien sûr que non, répondit Mme Van Amersfoort. J'en ai déjà entendu d'autres.

– Jésus est un peu bizarre, marmonna Thomas. Attendez. Ah oui, je vois pourquoi. Il n'a plus de barbe ! Mais il y a autre chose...

Le front de Thomas se couvrit de rides.

– Oh non, ça, je ne peux pas le dire. C'est impossible.

Il secoua la tête. Il n'osait pas annoncer que Jésus ressemblait beaucoup à sa mère lorsqu'elle laissait pendre ses cheveux, car personne ne comprendrait.

Un silence flotta dans l'air.

– Ah bon, dit enfin Mme Van Amersfoort.

– Jésus me parle chaque fois que l'on se voit, raconta Thomas.

– Ça alors, dit Mme Van Amersfoort. Et ça te plaît ou pas ? Sinon, on se débarrasse de Lui.

– Il ne me dérange pas, dit Thomas. Vous savez, Il est tout seul. Je crois qu'Il n'a personne d'autre avec qui parler.

– Oh ! comme c'est triste, dit Mme Van Amersfoort. Et qu'est-ce qu'Il dit maintenant ?

– Il dit qu'Il viendra ce soir, expliqua Thomas.

– Plus on est de fous, plus on s'amuse, dit Mme Van Amersfoort. Thomas ? Tu peux rouvrir les yeux.

Thomas la regarda. L'hippopotame dans son ventre avait disparu et la grenouille dans sa gorge aussi.

– As-tu encore peur ? demanda Mme Van Amersfoort.

– Non, dit Thomas.

Il entendit de l'agitation au-dessus de sa tête. C'étaient les anges qui applaudissaient.

Après le repas, le père ouvrit la Bible et lut. Voici les dernières phrases :

Moïse dit : Cette nuit, Dieu traversera l'Égypte. Tous les fils aînés des Égyptiens mourront. Aussi bien le fils aîné du pharaon, le prince héritier, que le fils aîné de la servante et que les taureaux premiers-nés. Un gémissement sourd parcourra alors toute l'Égypte, une plainte comme on n'en a encore jamais entendu et comme on n'en entendra plus jamais.

– Pourquoi tous ces garçons ont-il dû mourir ? demanda Thomas. Et pourquoi pas le pharaon ?

Le père ouvrit la bouche pour répondre, mais la mère se leva d'un bond de sa chaise.

– Dépêchons-nous de débarrasser la table et de faire la vaisselle, dit-elle.

Thomas et Margot empilèrent les assiettes puis ramassèrent les couverts. La mère courut vers la cuisine pour préparer l'eau.

– Que se passe-t-il? demanda le père, surpris.

– Des gens vont bientôt arriver, répondit Thomas.

Le père referma la Bible d'un air distrait.

– Des gens? De qui voulez-vous parler?

Margot et Thomas étaient déjà dans le couloir. Le père se leva et les suivit vers la cuisine.

– Vite, vite! cria la mère. Je dois encore me changer!

L'eau savonneuse giclait joyeusement autour de l'évier.

– Qui doit venir? demanda le père.

– Tante Pie, dit Thomas.

– Peut-être pourrais-tu déjà pousser la table sur le côté et disposer les chaises en cercle, dit la mère.

– Tout ça pour tante Pie? demanda le père, inquiet.

– Bien sûr que non, dit la mère. Beaucoup d'autres invités vont arriver.

– Qui ça? demanda le père en élevant la voix. Ce n'est pourtant l'anniversaire de personne.

– Des amies, dit la mère. Vite, vite! Peut-être veux-tu te changer, toi aussi?

– Pourquoi m'en parle-t-on seulement maintenant? s'exclama le père. Pourquoi ne m'a-t-on pas prévenu?

– Désolé, P'pa, dit Margot. J'ai oublié.

Elle se tenait debout en train d'essuyer le couteau à viande.

Le père l'observa quand elle rangea le couteau propre dans le tiroir.

– Oui, désolé, dit la mère. Ça m'est complètement sorti de la tête.

– Désolé, P'pa, dit Thomas. J'ai voulu te prévenir, mais j'ai soudain dû aller faire pipi et quand...

– Combien de chaises dois-je préparer? demanda le père.

– Une douzaine, je pense, dit la mère.

– DOUZE?

Le père la regarda d'un air stupéfait.

– Tu as douze amies, maintenant?

– Margot, Thomas, toi et moi devons aussi nous asseoir, dit la mère.

– HUIT ? HUIT AMIES ?

Mais la mère ne répondit plus. Elle tendit la brosse à vaisselle à Margot.

– Vous terminez la vaisselle ? demanda-t-elle. Il faut vraiment que j'aille me changer.

Elle se tortilla en passant devant le père dans le couloir et monta l'escalier en courant.

– N'oubliez pas : la table sur le côté et les chaises en cercle, cria-t-elle une dernière fois.

– Huit amies, marmonna le père.

– Maman a dit ça comme ça, dit Margot. Peut-être y aura-t-il encore plus de monde. Quelques-unes de mes amies devraient aussi venir.

– QUOI ? hurla le père.

Margot empilait les assiettes avec fracas dans l'armoire. Thomas faisait du raffut en manipulant les casseroles. Et, depuis la chambre à coucher, on entendait la mère chanter : « Quand les bourgeons éclosent, toutes les fleurs explosent ».

– Et moi, dans tout ça ? cria le père en direction de l'étage. Moi, je vais où ce soir ?

Il ne reçut aucune réponse. Il entra dans le salon d'un air abattu et commença à déplacer la table. Il la fit glisser dans la pièce de derrière puis disposa les chaises comme pour un anniversaire.

– Pour autant que je sache, grommela-t-il, ce n'est l'anniversaire de personne.

– Qui fait du café ? cria la mère depuis la chambre à coucher.

– Moi, Maman, répondit Margot en criant elle aussi.

C'est alors qu'on sonna à la porte. Thomas tira la corde placée en haut de l'escalier. On entendit un déclic et la porte d'entrée s'ouvrit. C'était tante Pie.

– Hellooooo ! dit-elle d'une voix chantante. Nous sommes là.

Deux dames la suivaient en montant l'escalier.

– Laisse la porte ouverte, tante Pie ! cria Margot. D'autres personnes vont suivre.

La porte resta grande ouverte.

– Te voilà, mon garçon, souffla tante Pie quand elle arriva en haut.

Elle apporta une boîte blanche dans la cuisine. Puis elle prit Thomas dans ses bras et l'embrassa.

– Je te présente tante Magda, dit-elle en indiquant une énorme robe à fleurs qui se trouvait derrière elle.

– Ah, fit Thomas.

– Et voici tante Bea.

Tante Magda et tante Bea lui serrèrent la main.

C'étaient de toutes nouvelles tantes que Thomas voyait pour la première fois. Tante Bea avait une dent en or qui scintillait joyeusement quand elle riait. Et elle riait beaucoup.

Toutes trois se dirigèrent vers le salon.

– Et te voilà aussi, homme de Dieu ! s'exclama tante Pie à l'intention du père.

Elle s'avança vers lui et l'embrassa. Elle laissa des traces de rouge à lèvres sur ses joues.

– Tu connais Magda et Bea, non ?

– Je n'ai pas cet honneur, dit le père.

Quand il serra la main de Magda, il ne manqua pas de remarquer que ça remuait de partout sous l'énorme robe à fleurs.

– Mais si, tu les connais, dit tante Pie. Elle étaient présentes à tous mes anniversaires. Au fait, comment trouves-tu mon pantalon ?

Elle portait un pantalon bleu clair avec une fermeture Éclair sur le côté.

Le père n'en pensait rien.

– Pie peut se permettre de porter ça, dit tante Magda. Moi pas, j'ai de trop grosses fesses.

Comme le père ne voulait regarder aucune fesse, il leva les yeux vers le plafond, qui aurait d'ailleurs bien eu besoin d'être repeint.

On entendit de l'agitation dans l'escalier. Boum-crac-boum-crac. Ces bruits de pas résonnaient comme de la musique aux oreilles de Thomas. Il fonça vers le couloir. Peut-être était-ce quelqu'un qui portait une vieille chaussure à un pied et une neuve à l'autre. Mais c'était plus vraisemblablement quelqu'un avec une jambe en cuir. Thomas appuya son dos contre la porte des W.-C.

C'était Eliza. Elle ne le vit pas à cause de l'obscurité qui régnait dans le couloir. Elle poursuivit sa route vers le salon.

– Salut, Eliza !

C'était la voix de Margot. S'ensuivit un léger brouhaha.

– Où est Thomas ? fit Eliza. J'aimerais être assise à côté de lui, car nous sommes amis tous les deux.

Aux Pays-Bas et partout dans le monde, y compris au plus profond des tropiques, quand les bourgeons éclosent, toutes les fleurs explosent.

– Oh, Jésus ! murmura Thomas. Comme je suis heureux !

Mais il n'osait plus retourner dans le salon.

Boum-crac-boum-crac.

– Thomas ! Tu es là ! dit Eliza. Tu te caches à cause de moi ?

– Non, dit Thomas.

– Approche, dit Eliza en lui tendant la main.

C'était la bonne, celle qui avait tous ses doigts. Ils entrèrent ensemble dans le salon, main dans la main.

Heureusement, le père ne remarqua rien. Il se tenait debout, dissimulé derrière les grosses fesses de tante Magda.

– Voyons voir, dit Eliza. On doit s'asseoir quelque part où ma jambe ne dérangera personne.

Elle parcourut du regard les chaises disposées en cercle.

– Là, près de la fenêtre, dit-elle.

Ils s'installèrent. Sa jambe en cuir dépassait, mais ce n'était pas grave, car elle n'empêchait personne de passer.

– Et alors ? dit-elle. Comment me trouves-tu ?

– Belle, répondit Thomas, car Eliza portait une robe bleu ciel garnie d'un col blanc.

Puis il ajouta :

– Ton père joue parfois du violon, n'est-ce pas ?

Eliza le regarda avec étonnement.

– Oui, répondit-elle. Comment le sais-tu ?

Thomas haussa les épaules.

– Je le sais, c'est tout. Et ta mère chante très bien.

Eliza était toute chamboulée. Elle lâcha la main de Thomas et passa un bras autour des épaules de son jeune ami.

– Tu es un garçon vraiment à part. Tu le sais? demanda-t-elle.

– Oui, un peu, répondit Thomas d'un air timide.

«Soudain, je sus ce qu'Eliza savait, écrivit Thomas dans *Le livre qui dit tout.* Elle savait, et moi aussi, que j'étais particulier.»

Margot et tante Pie servirent le café. Et aussi les pâtisseries sorties de la boîte blanche apportée par tante Pie. De nouveaux bruits de pas retentirent dans l'escalier.

– Va voir qui arrive, dit Eliza. Je garde ta chaise.

Thomas se dirigea vers le couloir. Mme Van Amerfoort s'y trouvait déjà avec son gramophone portable. Derrière elle, quatre vieilles dames montaient l'escalier. La première portait une petite valise plate remplie de disques.

– Je vous présente Thomas, dit Mme Van Amersfoort quand elles se retrouvèrent toutes dans le couloir. Il ne craint pas les sorcières.

– C'est mieux ainsi, ricana la vieille dame aux disques.

– Au moins, je n'aurai pas à me surveiller, dit celle qui portait un bouquet de fleurs.

– Enfin, un homme, un vrai, soupira celle qui tenait une bouteille de grenadine dans chaque main.

– Je les préfère plus froussards, dit la dernière. Ils se tiennent plus tranquilles.

Elle s'esclaffa. Ses dents de devant proposaient déjà un spectacle à faire frémir quand elle avait la bouche fermée.

– Cela ne devrait pas être un problème pour toi de te faire respecter, dit Mme Van Amersfoort d'un ton hargneux.

Puis elle ajouta :

– Thomas, tu veux bien emporter le gramophone ?

Tout le monde entra dans le salon à la queue leu leu. Ça papotait et jacassait de toutes parts.

Tante Bea, tante Magda, tante Pie, Mme Van Amersfoort, Margot, Eliza et les quatre vieilles dames parlaient toutes en même temps et personne ne comprenait rien à ce qui se disait. Mais tout ce brouhaha était formidablement agréable.

– Oh ! s'écria soudain Mme Van Amersfoort. On a failli ne pas vous voir !

Le père se tenait debout contre le buffet parce qu'il n'y avait presque pas de place derrière le popotin de tante Magda. Mme Van Amersfoort tenta de lui serrer la main en contournant tante Magda.

– Ça va ? Vous y arrivez ? leur demanda celle-ci en se penchant vers l'avant tout en repoussant ses fesses vers l'arrière.

Mme Van Amersfoort put ainsi attraper la main du père par-dessus l'épaule de tante Magda.

– Il fait chaud ici, vous ne trouvez pas ? dit-elle.

Puis elle lâcha la main du père et s'écria :

– Quelqu'un pourrait-il ouvrir une fenêtre ?

– Bonne idée ! s'exclama Eliza.

Elle bondit prestement sur sa jambe en cuir et souleva la fenêtre à guillotine. Un vent frais s'engouffra aussitôt dans la maison.

C'est alors que la mère apparut dans le salon. Comme la fenêtre et la porte d'entrée étaient ouvertes, sa robe se soulevait en flottant comme un drapeau.

– Bonjour, tout le monde, dit-elle.

Tous les yeux se tournèrent vers elle et les bavardages s'estompèrent. Elle portait une robe jaune clair, presque blanche, étroite en haut et large en bas.

Ses lèvres étaient maquillées avec soin et ses cheveux couraient librement sur ses épaules.

C'était la première fois que Thomas voyait sa mère aussi belle. Il regarda son père pour observer sa réaction. Lui aussi avait tout vu. Son visage était presque de la même couleur que les fleurs rouges imprimées sur la robe de tante Magda.

– Tout le monde a du café ? demanda la mère.

Les discussions reprirent de plus belle. Thomas n'arrivait pas à imaginer que le club de lecture retrouverait un jour le silence.

10

Tout le monde mangea une pâtisserie. On vida aussi les tasses de café et les verres de limonade. Tante Bea offrit un cigare au père avant d'en allumer un elle-même. Puis le moment tant attendu arriva.

Le premier point du programme annonçait la lecture d'un poème d'Annie M.G. Schmidt par Thomas Klopper.

Thomas se leva. Il commença par déclamer le poème de Monsieur Mouillé qui se lavait les pieds dans un aquarium. Il le connaissait par cœur.

Quand il eut terminé, les applaudissements fusèrent.

La vieille dame aux dents en avant demanda à Thomas ce qu'il voulait faire plus tard.

– Heureux, répondit Thomas. Je veux être heureux.

Tout le monde trouva que c'était une bonne idée.

– Réponds convenablement, Thomas, intervint soudain le père. Que veux-tu faire plus tard?

«Je voulais seulement être heureux, écrivit Thomas dans *Le livre qui dit tout.* J'avais beau chercher une réponse convenable, je n'en trouvais pas.»

– Seuls les bons à rien et les chiffes molles sont heureux, dit le père. La vie est un combat.

Toutes les tantes et toutes les amies de Mme Van Amersfoort le regardèrent comme s'il avait lâché un prout.

La mère, elle, jouait nerveusement avec ses cheveux.

Thomas alla s'asseoir et fixa ses chaussures. Eliza posa sa main valide sur la sienne.

– Avez-vous dû beaucoup lutter? Étiez-vous engagé dans la Résistance? demanda la dame aux dents en avant. Êtes-vous un homme courageux? Protégez-vous votre femme et vos enfants contre la corruption du monde? Prenez-vous la défense des plus faibles? Les animaux sont-ils en de bonnes mains avec vous?

Le père regarda les dents de la dame.

– Euh… commença-t-il d'un air embarrassé.

– Deuxième point du programme, annonça Mme Van Amersfoort. Pause musicale assurée par le gramophone.

Elle activa la manivelle.

– Un disque d'Eliza, ajouta-t-elle.

Une musique comme Thomas n'en avait encore jamais entendu emplit le salon. Des cuivres explosaient de toutes parts, accompagnés de battements de tambours. Au début, Thomas ne comprenait rien à cette musique. Puis le son cristallin d'une trompette prit le dessus sur les autres cuivres. Elle chantait et gloussait comme un ange déchaîné. Une irrésistible envie de gigoter s'emparait de vous.

– Louis Armstrong, s'exclama tante Bea, dont la dent en or scintillait.

– Waouh ! s'écria tante Magda.

Elle lança les bras en l'air en agitant le torse. Les fleurs de sa robe faisaient penser à de petits bateaux malmenés par les flots agités.

Mme Van Amersfoort se leva et donna la pochette du disque à Thomas. On pouvait y voir un homme noir avec une trompette étincelante collée aux lèvres.

– C'est un Noir, dit Thomas, surpris.

Il croyait, en effet, que les Noirs vivaient grâce aux pièces de monnaie que les enfants apportaient chaque semaine à l'école pour les missions. Et pas grâce à leurs trompettes.

– Je n'ai encore jamais vu un Noir pour de vrai, dit-il.

– Il y a beaucoup de choses sur terre que nous n'avons pas encore vues, dit Eliza. Par exemple, moi, je n'ai encore jamais vu de Rolls-Royce pour de vrai.

– Quelle musique formidable ! s'exclama tante Pie.

Sa lèvre supérieure était couverte de crème fraîche.

– J'en ai des frissons ! ajouta-t-elle.

– Où ça ? Où ça ? crièrent les vieilles dames.

– Partout ! s'exclama tante Pie en faisant courir ses mains le long de son chemisier puis de son pantalon.

Quand la musique cessa, le père se leva.

– J'ai encore beaucoup de travail, dit-il.

Il se faufila entre les chaises et se dirigea vers la porte du salon. Thomas espérait qu'il se rendrait sans rien dire dans la pièce qui lui servait de bureau. Mais, quand il atteignit la porte, il se retourna.

– De plus, je n'ai aucune envie d'écouter cette musique impie jouée par des nègres, dit le père. Ni d'entendre des poèmes qui n'ont ni queue ni tête.

– Tralalala, tralalalère, fredonna Margot.

Le père la regarda.

Margot s'arrêta de chanter. Elle le fixa à son tour. Son regard n'était ni furieux ni amical. Elle regardait, tout simplement. Ses yeux n'exprimaient rien.

C'est alors que Thomas vit que les yeux de sa sœur commençaient à briller comme des miroirs. Le père s'y regarda et s'y vit. Personne ne put voir ce qu'il y découvrit, car il était le seul à regarder Margot droit dans les yeux. Il se retrouva seul face à lui-même.

«Margot n'avait plus peur, écrivit Thomas dans *Le livre qui dit tout*, et je la vis se transformer en sorcière devant moi.»

Les tantes et les vieilles dames se mirent à bavarder comme si de rien n'était. Personne ne faisait plus attention au père.

– Point numéro trois du programme! annonça Mme Van Amersfoort. Thomas va nous réciter un autre poème d'Annie M. G. Schmidt.

Le père restait là, sans bouger. Désemparé, il ne quittait pas Margot des yeux. Thomas vit que le père aimait sa fille. Et son fils. Et sa femme. Thomas vit que le père voulait à la fois rester dans le salon et s'en aller.

Le père avait peur du bonheur. Et encore plus d'être ridicule. Il craignait que quelqu'un ne lui dise que l'homme descend du singe. Ou que la terre est apparue il y a bien plus longtemps que quatre mille ans. Ou que quelqu'un demande comment Noé avait fait pour trouver des ours polaires. Ou que quelqu'un lâche un juron. Le père ressemblait à la mort.

La mère tourna la tête vers le père.

« Allez, viens, mon chéri, lui dit-elle de la main. Viens te joindre à nous. »

C'était au-dessus de ses forces. Il avait peur de l'amour des autres. Il fit demi-tour et alla s'enfermer dans la pièce qui lui servait de bureau.

Thomas voyait des choses qu'il était le seul à voir. Il ne savait pas pourquoi, mais il en avait toujours été ainsi. Il vit le père à travers les murs. Derrière sa table de bureau. Tout seul. Thomas éprouva une drôle de sensation dans son ventre. Il pensa d'abord qu'il avait avalé un hippopotame, mais il comprit un peu plus tard qu'il avait ressenti de la pitié.

Il déclama son poème et on l'applaudit, mais son esprit était ailleurs.

Il alla se coucher à huit heures, car il y avait école le lendemain. La musique et les rires résonnèrent encore longtemps dans le salon. Thomas essaya de penser à Eliza plutôt qu'à son père. C'était difficile.

«J'espérais qu'il s'était assis devant la fenêtre pour réfléchir, écrivit Thomas dans *Le livre qui dit tout.* Et qu'il ne s'était pas agenouillé par terre en fermant les yeux.» Mais Thomas ne se faisait aucune illusion.

Malgré tout, ç'avait été une belle soirée. On avait reçu des invités. Et on avait écouté de la musique entraînante et des poèmes rigolos.

– Allez, viens, mon chéri. Viens te joindre à nous, murmura Thomas.

– Qu'est-ce que tu as dit? demanda une voix familière.

Thomas était tellement fatigué qu'il n'arrivait pas à garder les yeux ouverts.

– J'ai dit: «Allez, viens, mon chéri. Viens te joindre à nous», marmonna Thomas.

– Ah bon, dit Jésus.

Le Seigneur s'assit sur le lit de Thomas.

– C'était bien, ce soir, dit Thomas.

– Tant mieux, dit Jésus, je suis content pour toi.

Ils restèrent ensuite silencieux pendant un moment.

Dans le salon, Louis Armstrong jouait de la trompette.

– Jésus ? demanda Thomas.

– Oui ?

– Est-ce que Vous pourriez aider Papa ?

– Je crains que non, répondit Jésus.

C'était dommage, mais Thomas se rendait compte qu'il était difficile de venir en aide à certaines personnes.

– À l'impossible nul n'est tenu, pas même moi.

– Croyez-vous qu'Eliza m'attendra ?

– Je pense que oui, répondit Jésus.

– Est-ce que ça fait peur quand elle enlève sa jambe en cuir ?

– Mais non, mon garçon, dit Jésus. Tu en as vu d'autres.

C'était vrai. Dans sa jeune vie, Thomas avait déjà vu pas mal de choses effrayantes. Un Mordeur-de-Fesses, le dentier de Grand-père, une cuillère en bois, un nez tout gonflé, un couteau à viande et une femme avec des dents en avant. Et pourtant, plus tard, il serait heureux.

– C'est que nous allons nous marier, dit Thomas.

Le Seigneur Jésus posa une main sur la tête de Thomas et dit :

– Je t'accorde ma bénédiction.

Sur ce, Thomas s'endormit et Jésus remonta au ciel.

Les anges l'attendaient avec impatience en poussant de profonds soupirs.

– Comment va Thomas ? questionna l'un d'eux.

– Oui, comment va-t-il ? demandèrent cent autres voix en chœur.

Il faut savoir qu'ils étaient tous désespérément amoureux de Thomas.

– Plutôt bien, dit Jésus.

– Allez-vous le rappeler bientôt auprès de vous ? demanda un ange à la peau noire comme du charbon – on voyait ce genre d'anges de plus en plus souvent ces derniers temps. J'aimerais tellement jouer de la trompette pour lui.

– Non, dit le Seigneur Jésus en souriant. Vous n'avez de toute façon aucune chance avec lui.

– Et pourquoi pas ? demandèrent les anges, consternés.

– Aucun d'entre vous n'a une jambe en cuir qui craque en marchant, dit-il.

Les anges restèrent sans voix. Ils étaient tous superbes, mais aucun n'avait une jambe en cuir. On ne peut pas tout avoir.

Annie M. G. Schmidt

Monsieur Mouillé

Tous les samedis
Eh oui eh oui
Monsieur Mouillé
Se lavait les pieds
Dans son aquarium.
Il barbotait en fredonnant
Toujours le même chant.
Drôle de bo, drôle de bobo, drôle de bonhomme!

N'avait-il pas d'évier
Où se frotter et se récurer?
N'avait-il pas de bassin
Ni de salle de bains?
Bien sûr, il avait tout ça.
Alors, pourquoi ce bonhomme
S'installait-il dans son aquarium?
Décidément, je ne comprends pas.

Eh bien, ses poissons
Étaient devenus sa passion.

Monsieur Mouillé
Ne pouvait plus s'en passer.
Chaque samedi désormais
Était consacré à la plongée.
Je vous laisse imaginer
Le spectacle que ça donnait !

Je n'en suis pas certain
Car je n'y connais rien,
Mais les poissons
Ne sont-ils pas devenus grognons
À force de voir
Cet étrange bonhomme
Prendre leur aquarium
Pour une baignoire ?

Si vous en avez la possibilité,
Passez donc le saluer.
Il est chez lui
Tous les samedis.
Assis dans son aquarium,
Il barbote en fredonnant
Toujours le même chant.
Drôle de bo, drôle de bobo, drôle de bonhomme.